로크미디어가
유혹하는
재미있는 세상

ROK
MEDIA
로크미디어

평행세계 속의 먼치킨 2

2023년 3월 7일 초판 1쇄 인쇄
2023년 3월 10일 초판 1쇄 발행

지은이 운천룡
발행인 강준규

기획 이기헌 왕소현 박경무 강민구 조익현
책임편집 주현진
마케팅지원 이원선

발행처 (주)로크미디어
출판등록 2003년 3월 24일
주소 서울시 마포구 마포대로 45 일진빌딩 6층
Tel (02)3273-5135 Fax (02)3273-5134
홈페이지 rokmedia.com E-mail rokmedia@empas.com

ⓒ 운천룡, 2023

값 9,000원

ISBN 979-11-408-0712-3 (2권)
ISBN 979-11-408-0705-5 04810 (세트)

평행세계 먼치 속의 킹

운천룡 퓨전 판타지 장편소설

CONTENTS

1장

영웅은 알고 있다. 이런 집단의 특성을 말이다.

"일단은 너희 정체부터 말해 봐."

"네, 저는 7서클 마법사인 알렉스라고 합니다!"

"저는 염동력을 다루는 염동술사입니다. 이름은 시몬이라고 합니다!"

"저는 소환술을 다루는 존이라고 합니다. 능력은 아까 보셨듯 드래곤을 소환할 수 있습니다!"

그들의 이름을 들은 영웅이 얼굴을 들이밀며 말했다.

"자, 이제 각자 나를 흥미롭게 할 정보나 아이템을 하나씩 말해 봐. 날 만족시킨 놈은 자유다."

영웅의 말에 다들 눈알을 이리저리 굴리며 눈치를 보았다.

"싫어? 억압이 좋니? 다시 나갈래, 응?"

영웅의 말에 다들 화들짝 놀라며 영웅을 붙잡았다.

"아, 아닙니다!"

"새, 생각하느라 대답이 늦었습니다! 정말입니다!"

"시, 시몬의 말이 마, 맞습니다! 어떤 것을 드려야 행복해하실지 고르고 있었습니다! 믿어 주십시오!"

애원하듯 매달리는 그들을 보며 영웅이 말했다.

"자, 그럼 너부터 시작."

알렉스는 자신을 가리키는 영웅을 보며 필사적으로 머리를 굴렸다. 무엇을 말해야 영웅의 심기를 거슬리지 않고 만족시킬지 열심히 생각하고 또 했다.

"없어? 나 인내심이 그리 길지 않은데."

"이, 있습니다! 그, 그 워, 웜홀이 있습니다."

"웜홀? 나는 일반인이라 들어가지도 못한다고. 장난해?"

"아닙니다! 워, 웜홀에 들어갈 수 있는 아이템이 제게 있습니다!"

순간 영웅이 눈을 반짝이며 알렉스를 향해 상체를 숙였다.

이 세상에서 들은 말 중에 제일 기쁜 말이었다.

얼마나 원했던가, 웜홀이라는 곳을 구경하기를.

"정말, 정말이야? 이야, 그게 정말이면 넌 바로 자유다!"

"하하, 가, 감사합니다. 자, 잠시만 기다려 주십시오, 인벤토리!"

알렉스가 외치자 허공에 아지랑이같이 일렁이는 공간이 생겼다.

그 안으로 손을 쑥 집어넣었다가 꺼내자, 무언가가 들려 있었다.

타이즈같이 생긴 옷이었다.

영웅이 그토록 기대하던 아이템의 상태가 무슨 내복같이 생긴 것이다.

"이것입니다!"

"뭐야, 이게? 나더러 지금 이딴 걸 입으라고, 장난하냐?"

으르렁거리며 말하는 영웅을 보며 알렉스가 울먹거리는 목소리로 말했다.

"이, 이게, 이렇게 생겼어도 유, 유니크 아이템입니다! '각성자의 은총'이라는 아이템인데, 일반인이 이 옷을 입으면 웜홀에 입장이 가능합니다. 정말입니다!"

알렉스의 말에 영웅이 연준혁을 바라봤다. 사실이냐는 눈빛이었다.

그 눈빛에 연준혁이 고개를 끄덕였다.

"그래? 이걸 입고 위에 옷을 입어야 하는 건가? 에이 씨, 내복 같아서 싫은데."

"아, 아닙니다! 입으면 피부처럼 변해서 피부나 다름이 없습니다."

알렉스의 말에 영웅이 잠시 기다리라고 하고선 옷을 갈아 입으러 들어갔다.

"우와, 정말이네? 입은 것 같은 느낌이 없네. 신기하다, 대박!"

옷이 순식간에 동기화되어 영웅의 피부처럼 변해 있었다.

피부가 살짝 간질거리긴 했지만, 자신이 그토록 바라던 웜홀 속 세상을 경험할 수 있다는데 그게 대수랴.

만족스러운 웃음을 보이며 다시 나타난 영웅이었다.

"이제 나도 웜홀에 입장할 수 있다는 거지?"

"그, 그게 한 가지 제약이 있습니다."

제약이라는 말에 영웅의 표정이 순식간에 일그러졌다.

"뭐? 죽을래? 지금 나한테 사기 친 거냐?"

험악하게 변한 영웅을 보며 재빨리 손사래를 치는 알렉스였다.

"아, 아닙니다! 다, 다만 아무 웜홀이나 입장이 가능한 게 아니고 화, 화이트 웜홀만 입장 가능합니다."

"화이트 웜홀? 그건 등급이 어떤데?"

"모, 모릅니다."

"이게 씨! 죽을래, 왜 몰라!"

"각성자의 은총 같은 특별한 아이템이 있어야만 입장 가능한 웜홀이라, 들어가 본 사람이 많지 않습니다. 그리고 그 웜홀에 들어갔다가 다시 돌아온 자가 없기에 그 실체를 모릅니다."

"네가 입고 들어가 보면 될 거 아냐."

"그, 그게, 저는 위험한 일은 안 하는 주의라…….."

"뭐! 그런데 나더러 들어가라고? 이것들이 진짜 죽을래?"

"히익! 그, 그 아이템은 세, 세트 아이템입니다! 전부 다 모으면 이, 일반 웜홀도 입장할 수 있습니다, 정말입니다!"

다급하게 외치는 말에 영웅이 들었던 주먹을 내리며 쭈그려 앉았다. 그리고 물었다.

"세트 아이템이라고? 몇 개나 모아야 하는데?"

"세, 세 개입니다."

"정말로 그 세 개를 다 착용하면 나도 아무 웜홀이나 들어갈 수 있는 거지?"

"그, 그렇습니다! 아이템 효과에 분명히 그렇게 적혀 있었습니다."

영웅은 아이템창을 볼 수 없기 때문에 이들이 하는 말이 진실인지 알 길이 없었다.

하지만 표정을 보아하니 딱히 거짓을 말하는 것 같지도 않기에 믿기로 했다.

"근데 화이트 웜홀은 왜 각성자가 못 들어가지?"

"그, 그것은 저희도 잘 모릅니다. 알려진 바가 없기에…….."

알렉스가 뒷머리를 긁적이며 말하자 영웅이 한심하다는 표정으로 말했다.

"아는 게 없네, 아는 게 없어. 어이구, 진짜."

영웅이 뭐라 하니 알렉스는 더욱 뒷머리를 긁적이며 고개를 숙였다.

"그럼 화이트 웜홀은 어디에 있는데?"

"그, 그건 국가별로 특별 관리가 되고 있어서 함부로 갈 수 없습니다. 저희 조직에서도 하나 관리하고 있기는 한데…… 그 장소는 회장만 알고 있습니다."

그 말에 영웅은 알렉스를 제외한 시몬과 존을 바라보며 음흉한 미소를 지었다.

"너희는 다른 거 필요 없고, 이거 세트 다 찾아 놔."

"네? 저희가요?"

"마, 말도 안 됩니다. 어, 언제 나올지도 모르고, 나왔어도 누, 누가 지니고 있는지 모르는데……."

시몬과 존이 반발했다.

그러나 영웅에게는 통하지 않았다. 그들의 말에 대꾸 없이 한 명, 한 명 머리를 잠시 어루만져 줄 뿐이었다.

"이제 됐다. 나를 배신하겠다고 생각해 봐."

"네? 그게 무슨 말입니까?"

"생각해 보래도."

"끄아아아악!"

"아아아악!"

갑자기 머리를 잡고 바닥을 뒹구는 두 사람을 보며 알렉스의 눈이 공포로 물들었다.

"나를 배신하겠다 생각하거나 내가 하라고 한 것을 하지 않을 시에는 방금 그 고통이 찾아갈 거야. 나머지 아이템을 찾아오면 풀어 주지."

악마였다.

블랙맘바의 회장이 세상에서 가장 악인인 줄 알았는데 여기 이 인간은 그보다 더했다.

이런 흉악한 기술을 걸면서 아주 개운한 표정을 지어 보이었다.

"어쭈? 표정! 표정 풀지?"

영웅의 한마디에 그들의 표정이 순식간에 순한 양처럼 변했다.

"찾으면 여기 알렉스에게 연락해서 알려 주고, 알렉스는 한국 지부에 좀 있어."

"네? 제, 제가요? 아, 아까 저는 자유라고⋯⋯."

"응, 고통에서 자유라고. 왜, 너도 쟤들처럼 심어 줄까?"

영웅이 손을 살짝 들어 올리며 다가오자 알렉스는 고개를 맹렬히 저으며 말했다.

"아, 아닙니다! 저, 저는 이곳에서 저들의 연락을 기다리고 있겠습니다!"

"도망가면 지구 끝까지 쫓아간다, 알았지?"

영웅의 협박에 침을 꼴깍 삼키며 고개를 끄덕이는 알렉스였다.

'X킹! 영웅이라는 이름은 누가 지어 준 거냐! 데빌이다, 데빌! 아니, 데빌도 엉엉 울면서 도망갈 종자다!'

속으로 온갖 저주와 욕을 하는 알렉스였다.

　

영웅은 시몬과 존을 떠나보낸 뒤, 알렉스만 데리고 한국 각성자 협회로 갔다.

그곳에 도착하니 연준혁이 단둘이 할 얘기가 있다면서 영웅을 자신의 방으로 안내했다.

방에 도착하고도 연준혁은 쉽사리 입을 열지 못하고 영웅의 눈치만 살폈다.

"무슨 일이시죠? 무슨 부탁을 할 분위기인데…… 말씀해 보시죠."

눈치가 백 단이었다.

"죄, 죄송합니다. 사실 정말로 간곡히 부탁을 드려야 할 게 있기에 이렇게 뵙자고 한 것입니다."

"표정이 그런 것 같네요. 자, 말해 보세요. 제가 해 드릴 수 있는 것이라면 들어드리죠."

"가, 감사합니다! 실은 영웅 님이 찾고 계신 화이트 웜홀…… 저희도 보유하고 있습니다."

연준혁의 말에 영웅의 눈이 반짝였다.

"정말요? 우와, 이거 생각보다 빨리 경험하겠는데요?"

웜홀을 경험할 수 있다는 생각에 영웅의 표정이 환해졌다.
하지만 그와 반대로 연준혁의 표정은 심각했다.

분위기가 이상함을 감지한 영웅은 표정을 진중하게 바꾸
며 물었다.

"뭐죠, 무슨 문제라도 있는 건가요?"

"하아! 네, 맞습니다."

순순히 인정하고는 고개를 들어 영웅을 바라보았다. 그리
고 심각한 목소리로 물었다.

"정말로 알려진 게 없어 위험한 곳인데, 들어갈 생각이십
니까?"

연준혁의 물음에 영웅이 웃으며 말했다.

"음, 위험이라⋯⋯. 글쎄요. 그 단어를 들으니 더 들어가
고 싶어지네요. 사실 지금까지 살면서 딱히 긴장이나 위험을
느낀 적이 없어서, 오히려 미지의 세상을 간다니까 두근거리
네요."

영웅이 정말로 기대되는 표정으로 말하자 연준혁이 한숨
을 쉬고는 영웅의 손을 붙잡았다.

"그러시면 저희를 좀 도와주십시오! 영웅 님이라면 저희의
문제를 해결해 주실 수 있을 것 같습니다!"

"문제요?"

"네! 사실 화이트 웜홀, 그곳에 저희 대원들이 들어갔습니다. 문제는 들어갔는데…… 그 뒤로 소식이 없다는 것입니다. 힘들게 겨우겨우 아이템을 구해 다시 투입했지만, 그 역시도 행방불명입니다. 그러던 차에 영웅 님께 그 아이템이 생겼고 들어가고 싶어도 하시니, 부디 간다면 저희 대원들 좀 찾아봐 주시지 않겠습니까? 영웅 님은 제가 본 그 누구보다 강하시니, 그들을 무사히 데리고 나오실 거라고 저는 믿습니다!"

연준혁이 고개를 깊숙이 숙이며 정말 진심으로 도움을 요청했다.

영웅은 이런 사람들을 좋아했다.

자신의 사람들을 위해 그 어떤 주저함도 없이 남에게 고개를 조아리는 저런 마음가짐.

"알겠습니다. 뭐, 그리 어려운 부탁도 아닌데요."

영웅이 환하게 웃으며 허락하자, 연준혁이 정말로 감격한 표정으로 연신 감사 인사를 했다.

그런 연준혁을 말리며 영웅이 물었다.

"하하, 그만하세요. 부끄럽습니다. 그런데 웜홀에 들어가서 다시 돌아오려면 어찌해야 합니까?"

"아, 들어간 곳으로 그대로 다시 나오시면 될 겁니다. 다른 웜홀도 그런 식으로 되어 있으니까요."

"웜홀끼리 연결되어 있는 것이군요."

"그렇습니다. 길만 잃어버리지 않는다면 말입니다. 혹시 다른 곳으로 이동했다가 웜홀의 위치를 잊어버릴 상황을 대비해, 저희 쪽에서 웜홀 위치를 찾아 주는 아이템을 준비해 두겠습니다."

"보통 각성자용 아이템은 일반인이 사용하지 못하던데, 그건 사용 가능합니까? 저번에 그 무슨 만물의 눈? 그것도 써 보니까 작동 안 하던데."

"각성자의 은총을 입으셨으니 가능합니다. 그 아이템은 일반인도 준각성자로 만들어 주니까요."

"아하, 이거 좋은 물건이었군요. 그들 말대로 정말 세트가 다 모이면 각성자들처럼 다른 웜홀도 구경할 수 있는 거죠?"

영웅이 다시 한번 확인하자 연준혁이 고개를 끄덕이며 확답해 주었다.

"네, 맞습니다. 그리고 저도 나머지 아이템들을 수배해 보겠습니다."

"하하하, 이거 참. 감사합니다. 아이템을 얻는 데 있어서 금전이 부족하시면 제게 말씀하세요. 제가 돈은 좀 있거든요."

"아닙니다! 도움을 요청하는 처지인데, 어찌! 저희가 알아서 다 하겠습니다. 부담 갖지 마시지요."

"그럼 신세 좀 지겠습니다."

영웅의 말에 연준혁의 입가에 미소가 가득했다.

이렇게 영웅의 마음을 얻는 것이 더 중요하다고 생각하고 있었다. 연준혁이 보기에 영웅은 지구상에서 가장 강한 인물이기 때문이었다.

그와 친해져서 나쁠 것이 전혀 없었다.

아니, 오히려 그를 무조건 자신들의 편으로 만들어야 했다.

금액에 대해 말한 영웅은 몰랐다.

각성자의 은총은 부르는 것이 곧 가격이었다. 구하기도 힘들뿐더러 화이트 웜홀을 들어가게 해 주는 신기 중 하나였기에 엄청 희귀한 물건이었다.

하지만 돈만 있다면 나머지 아이템들을 구할 수 있었다.

아마 그 사실을 알았다면 알렉스를 그냥 자유롭게 풀어 주었을지도 모른다. 구할 방법이 있으니, 굳이 그를 붙잡아 놓을 이유가 없었으니까.

하지만 연준혁은 그것에 대해서 따로 설명하지 않았다.

오히려 말해 줄 필요가 없다고 여겼다. 괜히 말해 주었다가 영웅의 마음이 조금이라도 불편해지면 곤란했기 때문이다.

"웜홀에 들어가서 사람들을 찾으려면 시간이 필요할 것 같으니, 주위 사람들에게 어디 여행이라도 다녀온다고 미리 말해야겠군요."

영웅의 말에 연준혁이 말했다.

"웜홀 속 세상은 바깥세상보다 시간이 더디게 흐릅니다. 시간의 축이 다른 것 같더군요. 그러니 그곳에 오래 계신다고 해도 바깥세상에서의 시간은 많이 흐르지 않을 겁니다."

"그래요? 그것도 신기하네요. 어서 들어가 보고 싶네요."

영웅은 잔뜩 기대하는 표정으로 연준혁을 바라보았다.

그 모습에 연준혁은 자신도 모르게 웃었다.

하지만 눈앞에 있는 사람은 자신이 지금까지 살면서 봐 온 사람 중에서 가장 강한 인간이었다.

그만큼 믿음이 가는 사람이다.

"그래도 말은 해 두고 올게요, 혹시 모르니까. 화이트 웜홀에서 나온 사람이 한 명도 없다면서요."

"알겠습니다. 그럼 저도 준비를 해 놓고 있겠습니다."

"그래요. 그럼 3일 뒤에 다시 뵙는 거로 하죠."

"네."

영웅은 부모님에게는 잠시 바람 쐬러 전국 일주를 하고 오겠다고 말하고 나왔다. 친구인 정하준과 이시우에게도 그렇게 말했는데, 이놈들이 찰거머리처럼 달라붙어 버렸다.

"야, 인마! 그런 건 우리랑 같이 가야지!"

"맞아, 지금이라도 당장 떠날 수 있어! 가자!"

"아니, 이놈들아! 나 혼자 정리할 게 있어서 가는 거라고!"

"그러니까 너는 정리해. 우리는 구경할 테니."

막무가내였다.

'내가 미쳤지. 그냥 집안일이 있다고 둘러댈걸.'

"다음에, 다음에 가자. 이번엔 진짜 나 혼자만의 시간이 필요해서 그래."

계속되는 영웅의 말에 결국 둘은 한발 물러섰다.

"그럼 다녀와서 우리랑 다시 여행 간다고 약속해."

"맞아! 아니지, 확실하게 해야지."

그러더니 종이와 펜을 꺼내 영웅에게 내밀었다.

"여기다가 적어! 반드시 우리와 올해 안에 여행을 가겠다고."

"확실하게 하려면 공증도 필요한데, 우리 변호사 오라고 할까?"

대단한 놈들이었다. 결국 영웅은 각서에 지장까지 찍고 나서야 그들을 겨우 달랠 수 있었다.

"그럼 잘 다녀와라. 올 때 선물 잊지 말고."

"손수건, 부채 이런 거 사 오지 마라."

자기들 할 말만 하고 쿨하게 손을 흔들며 떠나는 둘의 모습에, 영웅은 잠시 멍하니 있다가 웃고 말았다.

친구들과 헤어진 영웅은 천민우와 한 비서에게까지 말을 하고 한국 각성자 협회로 이동했다.

"오셨습니까?"

연준혁이 반갑게 맞아 주었다.

"네, 이대로 가면 될 것 같군요."

"하하, 무슨 먼 길 떠나는 사람처럼 말씀하시네요. 걱정하지 마십시오. 언제든지 다시 돌아올 수 있으니까요. 들어가자마자 나오셔도 됩니다."

"에이, 들어가자마자 나올 거면 뭐 하러 가요. 아무튼 웜홀 구경부터 시켜 주시죠."

"네, 이쪽으로 오시지요."

연준혁을 따라 이동하니 엄청난 두께의 방호벽이 있는 구역이 나왔다. 커다란 철문을 지나 안으로 들어가니 사방에 엄청난 보안장치가 되어 있는 거대한 돔이 나타났다.

연준혁이 들어가기 전에 하는 모든 절차를 처리하고 있는 동안 영웅은 그곳을 두리번거리며 구경하기 바빴다.

"대단하네. 다른 웜홀들도 이런 식으로 관리합니까?"

"아, 다른 웜홀들은 이 정도까지는 아닙니다. 화이트 웜홀이 유독 특이한 웜홀이어서요. 그만큼 연구 가치가 엄청나죠. 그래서 모든 나라가 이 웜홀을 찾기 위해 눈에 불을 켜고 있는 것이고요."

"용케 우리나라에 있었네요?"

"얼마나 다행인지 모를 일이지요. 이것을 지키기 위해 각성자 협회 한국 지부도 이곳에 지은 것입니다."

"아, 그래서 이런 외지에 협회가 자리를 잡고 있었군요."

"맞습니다. 자, 모든 절차가 다 끝났습니다."

연준혁이 고개를 끄덕이자 그곳을 지키고 있는 헌터가 자신의 목에 걸린 키를 어느 기계에 꽂아 돌렸다. 다른 쪽에 있는 헌터 역시 그와 같이 키를 꽂고 돌렸다.

쿠그그그긍-!

철문이 엄청난 소리를 내며 천천히 열리기 시작했다.

그그그긍-! 쿵-!

"저를 따라오시면 됩니다."

영웅은 앞장서는 연준혁을 따라 안으로 들어갔다.

그런데 문이 또 있었다.

"문이 또 있습니까?"

"하하, 이건 금방 열립니다."

연준혁이 레버를 살짝 돌려 문을 열자 엄청난 빛이 그들을 반겼다. 마치 조명 수천 개를 동시에 켠 듯한 밝기였다.

눈이 부실 정도의 빛을 뚫고 안으로 들어서니 영롱한 빛깔의 알 같은 것이 중앙에 자리하고 있었다.

"저것이 화이트 웜홀입니다."

마치 거대한 진주가 빛을 뿌리고 있는 듯한 모습이었다.

"저것이…… 웜홀? 아름답네요."

"네, 다른 웜홀들과 달리 저 웜홀은 아름다운 모습이죠."

"아니, 이렇게 환하게 빛나는데 찾기가 힘들다고요?"

영웅의 물음에 연준혁이 웜홀을 바라보며 답해 주었다.

"처음 발견될 때는 이런 모습이 아닙니다. 아지랑이처럼

일렁이기만 하죠. 그래서 더 발견하기가 힘듭니다. 저것이
아지랑이인지 웜홀인지 파악이 안 되니까요."

"그런데 어찌 이런 모양이죠?"

"영웅 님이 착용한 아이템 같은 신기가 근처에 다가오면
이렇게 발광을 시작하며 모양이 변하죠. 그 후로는 계속 이
렇게 발광하며 빛을 사방에 뿌리고요. 아마도 그 아이템을
입은 사람을 인식하는 것 같습니다. 마치 살아 있는 생물처
럼요."

영웅은 고개를 끄덕였다.

처음 보는 웜홀의 아름다움에 정신을 뺏긴 탓이었다.

"하하하, 정말 아름답죠? 다른 웜홀들과 달리 특별한 아이
템이 아니면 모든 것을 거부하는…… 도도한 녀석이지요."

연준혁의 눈이 마치 사랑하는 여인을 보는 듯 바뀌어 있었
다.

"자, 그럼 이제 마음의 준비는 다 하셨나요?"

연준혁이 정신을 차리고 영웅을 바라보며 물었다.

영웅은 씨익 웃으며 고개를 끄덕였다.

"부디 즐거운 경험이길 바랍니다. 영웅 님이기에 따로 걱
정하지 않겠습니다. 그리고 이거……."

연준혁은 반지 하나를 내밀었다.

"혹시라도 웜홀의 위치를 잃어버렸을 때, 이 반지의 빛이
향하는 방향으로 쭉 따라가시면 그곳에 웜홀이 있을 겁니다.

다만…… 어느 정도 가까운 거리까지 가야 반응합니다."

연준혁의 말에 영웅이 웃으며 말했다.

"그 정도면 충분해요. 그럼 다녀올게요!"

그 말과 동시에 웜홀 속으로 뛰어드는 영웅이었다.

웜홀 속으로 아무런 망설임 없이 뛰어든 영웅은 이상한 기분을 느꼈다. 어디선가 경험을 했던 그런 기분.

곰곰이 생각하며 걸어가다가 생각이 났다.

"아, 전에 세상에서 이쪽으로 올 때 그 느낌인데? 뭐지, 왜 그때 그 기분이 느껴지지?"

고개를 갸웃거리고 있을 때, 무언가 엄청난 흡입력이 영웅을 끌어당겼다. 영웅은 반항하지 않고 그 힘에 자신의 몸을 맡겼다.

그리고 서서히 졸음이 밀려왔다.

마치 이곳으로 끌려오던 그때처럼.

⟨━━⟩

"……님! 일……!"

"으음…….."

"도련님, 정신 좀 차려 보세요! 도련님!"

뭐지, 누가 자꾸 날 깨운다.

전에도 이런 상황이 있었던 것 같은데, 데자뷔인가?

하지만 이름을 들어 보니 나를 부르는 건 아니라 무시했다.

그때, 누군가가 내 몸을 마구 흔들기 시작했다.

"뭐야?"

짜증이 나서 벌떡 일어나니, 이쁘장한 여자가 눈물을 글썽이며 나를 바라보고 있었다.

나는 주변을 두리번거렸다. 나 외에 다른 누군가가 있는지 확인하기 위해서.

주변에는 인적이 전혀 없었고 풍경을 보니 어느 산속인 것 같았다.

"도련님, 정신이 드세요? 이제 괜찮으세요?"

여자가 중국어로 날 계속 도련님이라 부르며 괜찮냐고 물었다.

중국어를 어떻게 알아듣냐고?

난 전 세계 모든 언어를 다 알고 있다. 그런데 중국어쯤이야.

사실 살짝 알아듣기 힘들었지만 내 천재적인 머릿속에서 자동 보정이 진행되었다.

아 참, 그게 중요한 것이 아니지.

나는 손가락으로 내 몸을 가리키며 물었다.

"저요? 도련님이 혹시 저를 말하는 겁니까?"

정말로 나를 말하는 건지 물은 건데 여자의 표정이 울상으로 변해서 이내 울먹거리기 시작했다.

뭐지, 왜 나를 보며 울먹거리는 거야?

가만, 이거 어디서 경험해 본 것 같은데?

곰곰이 생각했다.

그러고 보니 한 번 이런 경험을 한 적이 있다.

바로 평행세상에서 처음 눈을 떴을 때.

그때도 지금처럼 한 비서가 나를 흔들며 깨웠지.

얼마 되지 않은 것 같은데 벌써 추억이다.

그렇게 잠시 추억에 잠겨 있을 무렵, 큰 소리가 들려왔다.

"뭐, 뭐예요! 자, 장난이라면 그만두세요. 재미없어요!"

여자가 울먹거리며 소리를 질렀다.

장난? 무슨 장난?

지금 나는 심각한데?

진지하게 생각을 정리해 보려 하는데 앞에서 계속 울고불고 난리를 쳤다.

결국, 한숨을 쉬며 물었다.

"누구신데요, 저 아세요?"

커다랗고 맑은 그녀의 동공이 크게 흔들렸다.

"저, 정말 기억이 안 나세요? 서, 설마 절벽에서 떨어져서 그러는 거예요?"

"네? 제가 절벽에서 떨어졌다고요?"

"네, 죄송해요! 저를 보호한다고 감싸다가 떨어지셨어요.

저 때문이에요! 도련님, 죄송해요!"

여자가 눈물을 뚝뚝 흘리며 연신 죄송하다고 말했다.

하아, 다시 그것을 써먹어야 하는 건가?

이럴 때 써먹기 가장 좋은 방법이 있었다.

만고의 진리.

기억상실이었다.

"아마도 떨어지면서 충격으로 제 기억이 소실된 거 같네요. 하나도 기억이 나질 않습니다."

"네? 그, 그게 무슨 말씀이세요?"

"기억이 하나도 안 나네요. 여기가 어딘지도 모르겠고, 내가 누군지도 모르겠네요."

"도, 도련님! 흑!"

눈앞의 여자가 얼굴을 감싸며 울기 시작했다.

난감해진 나는 그녀를 달래며 물었다.

"자 자, 일단 진정하세요. 운다고 제 기억이 돌아오는 것도 아니고."

나의 말에 여자가 울음을 멈추고 손을 내리더니 결연한 표정으로 바라보며 말했다.

"제가 꼭 도련님을 원상태로 돌려놓겠어요!"

"하하, 네."

내가 어색한 웃음을 지으며 말하자 여자가 나의 위아래를 훑어보았다. 그러다 고개를 갸웃거리며 물었다.

"그런데 도련님, 머리는 언제 자르셨어요? 옷은 또 언제 갈아입으시고? 옷이 이상해요. 여기저기 찢어진 옷은 언제 주워 입은 거예요? 그런 거 입고 다니다 주인님이 아시면 저 정말 죽어요."

찢어진 옷 좀 입었다고 죽다니.

과장이 심한 여자였다.

빈티지 스타일을 모르는 여자인가 보다, 나름 패션인데.

그렇게 생각하다 보니 무언가 이상했다.

이상함에 여자의 옷과 차림을 살펴보니 현대의 복장이 아니었다.

뭐지?

순간 정신이 멍해졌다.

이거 심각하게 과거로 온 것 같은 기분이었다.

그리고 왠지 또 다른 평행세상의 나와 뒤바뀐 것 같은 느낌이었다.

아직 확신할 수는 없지만 느낌은 그랬다.

"그런데 여기가 어딥니까? 당신은 누구고요? 제가 여긴 왜 있는 거죠? 일단 설명 좀 해 주실래요?"

지금 상황을 파악하기 위해서 질문을 퍼부었다.

그러자 여자가 당황한 표정으로 잠시 나를 보더니 다시금 결연한 표정으로 작은 주먹을 꽉 쥐고 입을 열었다.

"도련님, 제가 꼭 도련님의 기억이 돌아올 수 있게 해 드릴게요!"

아니, 그거 말고 내가 물은 거에 답하라고, 이 사람아.

"일단 여기는 섬서 지방이고, 도련님은 저의 작은 주인님
이십니다. 그리고 이곳에 있는 이유는 심부름하러 가시는 길
이었습니다."

섬서? 섬서면…… 중국 지명인데?

그리고 뭐, 주인? 그렇다면 일단 있는 집 자식이라는 건
가?

더 머리가 복잡해졌다.

'언제든지 돌아갈 수 있기는 개뿔!'

일단 정신을 차리는 것이 급선무였다.

"제가…… 작은 주인인가요? 그리고 심부름이라니요?"

"성주님께서 도련님 외가댁에 서찰을 전달하라고 심부름
을 보내셨잖아요. 이거요."

그러면서 무언가를 꺼냈다.

붉은 통에 무언가가 돌돌 말려서 곱게 들어 있었다.

그런데 도련님이라 불리고 하인까지 있는데, 이렇게 단둘
이 보낸다고?

"저, 우리 둘뿐입니까? 다른 사람은 없습니까?"

내 말에 여자가 그제야 무언가 떠올랐는지 두려운 얼굴로
주변을 두리번거리기 시작했다.

"마, 맞다! 도, 도망가야 해요! 호위 무사들이 전부 당했

어요!"

"누구한테요?"

"모, 모르겠어요! 갑작스럽게 공격했어요. 도련님과 저는 그들을 피해 도망을 갔고, 거기서 제가 미끄러지자 저를 구하고 아래로 떨어지셨어요."

여자의 말을 들어 보니 뭔가 좋지 않은 상황에 처한 것 같았다.

하지만 나에게 가장 큰 문제는 다른 것이었다.

내가 왜 여기에 누워 있고, 또 웜홀은 어디로 갔단 말인가.

분명히 웜홀을 통과하면 또 다른 웜홀로 나온다고 했는데, 내가 나온 웜홀은 보이지 않았다.

연준혁이 한 말은 하나도 맞는 게 없었다.

심지어 반지도 반응하지 않았다.

분명히 근처에 있으면 반응한다고 했는데, 전혀 반응이 없는 것을 보니 이 근처에 없는 것은 확실했다.

"도련님, 머리 아프세요?"

내가 인상을 찡그리자 여자가 고개를 불쑥 들이밀며 물었다.

"아, 아닙니다. 기억이 나질 않으니 답답해서요."

대충 얼버무리자 여자가 말했다.

"어쩌지? 어쩌지? 빨리 여기를 피해야 하는데……."

"혹시 모르니 저에 관해 설명 좀 해 주실래요? 그러면 기억이 조금이라도 회복될 수도 있으니."

"네, 알았어요! 이, 일단 여기에서 벗어나고……."

여자가 두려운 표정으로 다급하게 말하는 순간 정면에서 세 명의 사람들이 누런 이를 드러내며 등장했다.

"크크크크, 도망을 친 곳이 겨우 여기셨소? 천무성(天武城)이 버린 무능공자(無能公子)."

"꺅!"

천무성? 뭐지, 여긴 무협 세계인가? 그냥 중국이 아닌가?

저놈들 옷 입은 거 하며 무기를 든 모양새가 무협 영화에서 많이 보던 장면이었다.

그보다 무능? 누가?

설마 나에게 무능하다고 말하는 것은 아니겠지.

살기를 날리는 놈들보다 더 신경 쓰이는 것이 바로 무능이라는 단어였다.

살면서 처음 듣는 신선한 단어이자 기분 나쁜 말이었다.

그렇게 갑자기 나타난 놈들을 관찰하고 있는데, 등 뒤에서 떨림이 느껴졌다.

보지 않아도 알 수 있었다. 나를 도련님이라 부르는 여자가 저들을 얼마나 두려워하는지를.

여자를 이렇게 두려움에 떨게 하다니.

나를 대하는 것을 보면 착한 사람 같았다. 특히 나를 걱정하는 그 표정은 진심이었다.

"하하."

순간 나를 걱정하던 그 귀여운 표정이 떠올라 웃음을 터트렸다.

그런데 앞에 있는 놈들은 그것을 보고 오해를 한 모양이다.

"웃어? 하하, 공포에 미친 것이냐? 그래도 형편없는 무공으로 여기까지 도망을 온 것은 칭찬하지."

"하하하, 저거 보십시오. 나름 변장을 한다고 머리카락도 자르고 옷도 이상한 것을 주워 입었습니다."

"크크크, 그러고 보니 옷 입은 것이 미친놈 같군."

미친놈이라니! 이게 나름 최신 패션인데.

하긴 놈들이 빈티지를 알 리가 없지.

그래, 오래간만에 시비를 걸어와 주는데 그냥 가면 결례지. 그리고……

내 뒤에서 애처롭게 떨고 있는 여자에게 묻는 것보다 저놈들에게 묻는 게 현재 내가 처한 상황을 판단하기에 더 정확할 것 같다.

뒤에 있는 여자는 저들에 대한 공포가 어찌나 극심한지 고개도 들지 못하고 덜덜 떨고 있었다.

할 일을 정한 나는 목을 꺾으며 앞으로 나갔다.

"내가 지금 좀 정신이 없어서 그러는데, 지금이라도 잘못

했다 빌고 가면 봐줄게."

그래도 기회는 줘야겠지, 첫 만남인데.

어찌 만져 줘야 저들이 행복한 비명을 지를까 고민하며 걸어 나갔다.

"하하하, 정말로 정신이 나간 것이냐?"

선두에 있던 놈이 웃으며 말하자, 시키지도 않은 대답이 내 등 뒤에 있던 여자에게서 나왔다.

"우, 우리 도련님이 지, 지금 기억을 잃으셨어요! 그러니 제발 그냥 보내 주세요!"

이봐요, 아가씨! 그런 건 일일이 설명 안 해도 된다고.

"크하하하하, 정말 재밌구나, 아주 재밌어. 뭐 하냐, 죽여라. 우리는 의뢰만 끝내면 되니까."

선두에 있던 놈이 대장이 맞나 보다.

질문은 저놈에게 하면 되겠네.

선두에서 명령을 내린 놈은 모르겠지, 잠시 후에 벌어질 재앙을.

나는 슬쩍 웃으며 놈들을 맞이하고자 했다.

그런데 뒤에서 벌벌 떨고 있던 여자가 내 앞으로 뛰어나와 소리쳤다.

"아, 안 돼요, 도련님! 제, 제가 이목을 끌 테니 뒤도 돌아보지 말고 도망가세요!"

자신을 희생해서 나를 구하려는 모습을 보니 나도 모르게 미소가 새겨졌다.

아. 정말 훈훈하다. 첫인상처럼 정말로 착한 여자군.

"크크크크, 신파극을 찍는 것이냐? 걱정하지 마라. 사이좋게 둘 다 묻어 주마. 저승 가는 길은 외롭지 않을 것이다."

그것참, 웬만하면 여자 말 좀 듣지.

왜 안 들어서 나를 귀찮게 해.

살짝 화가 났다.

나는 지금부터 벌어질 일들이 앞에 있는 여자에게 커다란 충격으로 다가올 것 같아 그녀를 조심스럽게 재웠다.

"어? 뭐, 뭐지? 가, 갑자기 몸이 이상……."

풀썩―!

천천히 바닥으로 쓰러지는 그녀를 조심스럽게 안아서 옆에 풀숲으로 옮기고 일어섰다.

내 표정은 이미 굳을 대로 굳은 상태,

이렇게 화가 나는 것은 오래간만의 일이다.

"너희는 이제 용서를 빌어도 늦었어. 내가 허락하지 않는한 이곳에서 단 한 놈도 떠날 수 없다."

긴장하라고 진지하게 말했는데 돌아오는 반응은 웃음이었다.

"크하하하하, 정말 돌았구나. 빨리 끝내라. 즐겁게 해 준 것도 모자라서 죽이기 편하라고 재워 주기까지 했으니 편하게 보내 줘라."

창-! 차창-!

날이 시퍼렇게 선 검을 꺼내며 나에게 서서히 접근해 오는 무인들.

어이가 없었다. 총도 아니고 미사일도 아니고 겨우 철 쪼가리로 나를 어찌해 보겠다니.

다시 생각하니 한숨이 나왔다.

하아, 편하게 살기 위해 사방에 다 투자해 놨는데…….

내 잘못이다.

이놈의 호기심, 내가 왜 웜홀 구경을 하겠다고 나섰을까.

후회가 막심했다.

하지만 일단은 이곳을 정리하는 것이 먼저다.

후웅-!

바람을 가르는 소리가 들려왔다. 잠시 다른 생각을 하느라 집중을 못 했더니 고새 검을 휘둘렀나 보다.

까앙-!

백날을 휘둘러 봐라, 내 몸에 생채기 하나 나는지.

느낌도 없다. 수수깡으로 맞으면 이런 기분일까?

"헉! 이게 무슨?"

나에게 검을 휘두른 놈이 경악하며 한 걸음 물러섰다.

한 걸음 물러선 놈을 지나서 날아오는 또 다른 검.

정확하게 내 눈을 노리고 있었다.

까강-!

내 안구 역시 저런 철 쪼가리로 충격을 줄 수 있는 것이 아니다. 눈을 깜박일 필요도 없었다. 느낌도 안 났으니까.

"마, 말도 안 돼! 누, 눈을 분명하게 찔렀는데?"

"두, 두 눈으로 확실하게 봤어! 부, 분명히 안구를 정확하게 찔렀다고!"

내 눈을 찌른 놈 역시 경악하며 물러섰다.

나를 공격한 두 놈은 공황 상태가 되어 어쩌지 못하고 있었다.

그럴 수밖에. 태어나서 처음 경험하는 일인데 바로 적응하면 그게 이상한 거지.

"서, 설마 그, 금강불괴? 그, 그럴 리가 없는데! 무, 무능 공자 네놈은 겨우 일류일 텐데?"

일류? 일류면 좋은 거 아닌가?

빠각- 뿌각-!

"끄악!"

"크흑!"

일단 다리부터 분질렀다.

도망을 쉽게 못 가게 하려고.

두 놈이 고통스러워하며 바닥에 주저앉자 이놈들의 대장으로 보이는 놈이 주춤거리며 주변을 두리번거렸다.

전혀 예상하지 못한 상황이라 많이 당황스러운가 보다.

"어디를 봐? 나에게 집중해야지, 안 그래?"

"이익, 죽어라!"

대장이 눈을 부라리며 나에게 자신의 검을 휘둘렀다.

"비연백열참(飛燕百列斬)!"

슈슈- 슈슈슈- 슝-!

바로 검이 수십 개로 변해서 날아오는 광경이란.

정말 화려했다.

눈앞에서 이런 걸 보니 4D 체험을 하는 기분이었다.

까라라라라랑-!

하지만 거기까지다. 통할 리가 없으니까.

"헉! 지, 진짜 그, 금강불괴인가? 으드득! 그럴 리가 없다!"

대장이 다시 검을 움켜쥐고 몸을 부풀렸다.

오오, 뭔가를 하려나 보다.

일단 저거까지만 보고 잡으러 가야겠다.

"비연광뢰참(飛燕狂雷斬)!"

슈앙- 콰콰콰쾅-!

쿠르르르르-!

폭발과 함께 엄청난 먼지와 나무 파편이 시야를 가렸다. 저놈이 가진 기술 중에서 가장 강한 기술인가 보다.

먼지가 가라앉고 눈앞에 보인, 상처 하나 없는 내 모습에 눈이 튀어나올 정도로 놀라는 놈.

나는 살짝 미소를 지어 보이고 놈을 향해 몸을 이동했다.

퍼억-!

"커헉!"

"나름 재밌었어. 신기한 경험을 했네, 크크크. 그런데 나를 죽이려고 공격한 거지, 그렇지?"

"······."

고통스러운 표정과 떨리는 눈으로 나를 바라만 볼 뿐 아무런 말도 못 하고 있었다.

아마 태어나서 처음 보는 모습에 충격을 먹은 거 같다.

총, 미사일로도 내 몸에 생채기 하나 못 내는데 고작 칼로 그게 되겠는가?

뿌걱-!

역시 시작은 다리부터.

"끄으으윽!"

고통스러운지 눈에 시뻘건 실핏줄이, 이마에 굵은 핏줄이 선명하게 올라왔다.

"한쪽만 부러져 있으면 좀 그렇지? 균형을 맞춰야겠지?"

"아, 아니······."

빠각-!

"끄아아아악!"

얼굴이 시뻘겋게 변하며 목에까지 굵은 핏줄이 솟아올라온 걸 보니 고통을 제대로 맛보는 중인 듯했다.

대장이 무언가 말하려는 낌새가 느껴졌다.

그건 안 되는 말이었다. 아직 내 기분이 풀리지 않았으니
까.

나는 대장의 입에 손가락을 가져다 대며 말했다.

"안 되지, 안 돼. 아직 시간은 많아요. 천천히 가자, 천천
히."

알지도 못하는 낯선 세상에서 내가 가진 게 뭐가 있겠는
가.

시간밖에 없었다.

"아, 아니, 자, 잠깐……."

퍼억-!

"꾸에에엑!"

"시간 많다니까 왜 이리 보채."

나의 주먹이 대장의 명치에 꽂혔다. 숨이 안 쉬어지는지
연식 컥컥거리고 있었다.

그런 대장을 보며 나는 방긋 웃고 그의 팔을 가볍게 꺾었
다.

우드득-!

"끄으으윽!"

역시 최소의 힘으로 최고의 효과를 주는 방법이다.

봐라, 얼굴 전체가 빨갛게 변한 채 온몸에 핏줄이 선명하
게 솟아 있지 않은가.

아마 미칠 정도로 고통스러울 것이다.

"대장만 이렇게 편애하면 나머지가 억울하니 공평하게 대해 줘야지."

나는 시선을 방금 나에게 검을 휘두른 두 놈에게 돌렸다.

그들의 동공이 세차게 흔들리는 것이 선명하게 보였다.

크게 떨리는 그들의 동공을 바라보며 나는 입가에 즐거운 미소를 머금었다.

얼마 만에 이렇게 싱싱한 먹잇감들이 나타난 건지.

아무리 생각해도 나는 제정신이 아닌 것 같다, 이런 걸 즐기는 걸 보면.

나의 미소가 그들에게 더 큰 공포를 준 모양이다.

"다, 당신은 누구십니까? 우, 우리가 아는 무능공자는 이렇게 강하지 않습니다!"

한 놈이 용기를 쥐어짜 냈는지 나에게 말을 걸었다.

"아까 말한 거 같은데? 기억을 잃었다고, 못 들었나?"

대답하면서도 나의 걸음은 멈추지 않았고, 나의 눈은 놈들의 나머지 한쪽 다리를 바라보고 있었다.

그들은 재빨리 자신의 다리를 손으로 가리며 덜덜 떨기 시작했다.

"금방 끝나. 자, 손 치워 봐."

나는 최대한 부드럽게 나긋나긋 말했다.

하지만 저들에게는 그렇게 안 들렸나 보다. 더욱더 심하게 공포에 질려 가고 있었다.

극심한 공포에 떠는 모습을 보니 살짝 불쌍해졌다. 나도 참 마음이 약해서 탈이었다.

나는 죽으면 천국에 갈 것이다.

이렇게 맘 약하고 착한 사람이 어디 있는가.

앞에서 떨고 있는 그들에게 다시 나긋나긋하게 물었다.

"기회를 줄까?"

나의 말에 두 사람의 고개가 정신없이 끄덕여졌다. 눈빛에 희망이 피어오르는 것이 보였다.

사실 이것을 노리고 대장을 좀 심하게 다룬 것도 있었다.

"앞으로 내 밑에서 일하는 거야, 어때?"

계속 고개를 끄덕이는 그들을 보니 저게 내 말에 동의하는 것으로 끄덕이는 건지, 아니면 그 전에 기회를 주겠다는 말에 끄덕이는 건지 헷갈렸다.

빠각-! 빠작-!

"끄아아아악!"

"끄허허헉!"

새끼들이 왜 대답을 안 해, 사람 헷갈리게.

이럴 때는 훈계를 해 줘야 한다.

이런 쪽에 있는 애들은 인간적으로 대하면 안 된다. 빈틈을 보여 주는 순간 언제 배신할지 모르니까.

발아래서 파닥파닥하는 놈들에게 다시 말했다.

"말로 해야지, 말로."

"크흑! 아, 알겠습니다!"

"따, 따르겠습니다! 그, 그러니 제, 제발."

"살려 달라고?"

"네!"

"크크크, 그건 걱정하지 마. 나는 사람 안 죽여, 불살 주의
라."

내 말이 믿기지 않는지 표정들이 이상했다.

왠지 기분이 나빠지는 그런 표정? 그건 절대 아니라는 표
정?

"뭐야, 안 믿어? 그냥 불살하지 말까, 응?"

나의 엄포에 둘이 고개를 맹렬하게 저으며 우렁차게 대답
했다.

"아, 아닙니다! 앞으로도 쭉 지켜 주십시오!"

"그럼 앞으로 내 밑에서 일하는 거로 알고 있겠다."

"네, 맞습니다!"

나는 우렁차게 대답하는 둘의 정수리에 손을 갖다 대었다.

"말로만 하면 어찌 믿나. 웃차! 살짝 따끔할 거야."

"크흑!"

"커억!"

움찔하는 그들의 반응을 보며 나는 손을 떼었다. 그리고
그들의 앞에 쪼그려 앉아서 말했다.

"자, 나를 배신하겠다고 생각해 봐, 어서."

"네?"

빠악-!

멍 때리는 그들의 뒤통수를 세게 내려치면서 말했다.

"생각하라고, 대답하지 말고."

"끄아아아악!"

"크아아아악!"

둘은 갑자기 머리를 움켜쥐고 바닥을 데굴데굴 굴렀다. 다리가 덜렁거리는데도 아랑곳하지 않고 여기저기 구르며 비명을 질러 댔다.

그렇게 한참을 비명을 지르더니 마침내 소리가 잦아들었다.

"헉헉헉!"

그들의 온몸은 식은땀으로 범벅되어 있었고 눈은 충혈되어 새빨갛게 변해 있었다.

태어나서 처음 겪어 보는 극한의 고통일 터다.

다리가 부러진 고통은 방금 자신들이 느낀 고통에 비하면 아무것도 아닐 테지.

절대로 다시는 겪고 싶지 않은 지옥의 고통 말이다.

"어때, 짜릿하지? 배신을 생각하면 그 고통이 더 강하게 찾아온다, 명심해."

나의 말에 둘은 맹렬하게 고개를 끄덕였다.

"아, 배신은 세 번만 생각하고. 네 번째 되면 머리가 터져.

그것도 알고 있으라고."

"네? 바, 방금 한 번 생각했는데요."

이 기술에 걸린 애들이 하는 말은 다 정해져 있나 보다.

물론 나의 대답도 정해져 있었다.

나는 그들의 등을 토닥이며 말했다.

"응, 이제 두 번 남았네. 힘내!"

그리고 나를 바라보는 눈빛 또한 한결같이 똑같았다.

악마를 보는 듯한 표정.

저 표정이 나와야 안심이 된다.

왜냐고? 저 표정을 보인 놈들은 절대로 나를 배신하지 않는다.

악당들이 가장 무서워하는 자가 누군지 아나?

바로 자신보다 더 악한 인간이다.

저들의 눈빛은 그것을 증명했다.

"좋아, 잘 인식이 되었고. 이제 남은 볼일이."

나는 천천히 몸을 일으켜 구석에서 심하게 요동치며 떨고 있는 대장을 바라보았다.

그놈도 나를 악마로 보는 듯한 표정이었다.

"자, 너는 나에게 뭘 줄 거냐?"

천천히 걸어가며 묻자 바로 대답이 들려왔다.

"뭐, 뭐든 다 드, 들어드리겠습니다!"

"그래? 그럼 우릴 쫓아온 이유부터 가볍게 들어 볼까?"

"네! 아, 알겠습니다!"

대장이라는 놈은 처음부터 줄줄이 이야기를 시작했다.

말인즉슨 나는 천무성주의 막내아들이란다. 둘째는 어렸을 적에 죽었고, 첫째가 있었는데 현재 사경을 헤매고 있단다.

그 말은 내가 천무성의 유일한 후계자라는 소리였다.

그런데 이 나를 쫓는 인간들이 천무성의 가신들이란다.

나만 없어지면 직계가족이 사라지기에, 가신들의 자식들에게 후계의 기회가 주어진다고 한다.

한마디로 개판이었다.

"아니, 그 난리가 났는데 아버지가 왜 그것을 말리지 않는 거지? 그리고 내 어머니는?"

"처, 천무성의 성주님 역시 현재 의식이 없는 상태입니다. 그, 그리고 고, 공자님의 어머님께서는…… 도, 돌아가셨습니다! 죄, 죄송합니다!"

아, 이해가 됐다.

막장 드라마의 한 장면이었구먼.

아버지가 의식을 잃었을 때 눈엣가시인 나를 제거하겠다는 것인가?

하긴 무능공자라고 불릴 정도로 능력이 없는 인간쯤이야 없애는 게 간단하다고 생각했겠지.

암튼 대충 이해했다.

하지만 정작 중요한 이유가 아직 안 나왔다.

"근데 너희는 누구야, 천무성 소속이냐?"

"그, 그렇습니다! 저, 저는 처, 천무성 척살단 소속 제2추격조 조장 대호입니다!"

"척살단? 구린 일을 주로 하는 곳이구나?"

"어, 엄밀히 따지자면 그, 그렇습니다."

그의 말을 듣다가 더 궁금한 점이 생각났다.

"왜 나를 무능공자라고 부르지?"

"그, 그건……."

그 말에 갑자기 사고가 멈췄는지 일시 정지했다.

그 모습에 시선을 멀쩡한 팔로 옮기며 나긋하게 말했다.

"대답이 끊기네? 고통이 좀 가라앉았나, 다른 생각이 드나?"

내 말에 자신을 대호라 소개한 남자가 기겁하며 입을 열었다.

"아, 아닙니다! 지, 지금 말하려고 했습니다! 그, 그리 부르는 것은 마, 말 그대로입니다. 무, 무능하셔서 그렇게 불리는 것입니다!"

"아니, 뭐 얼마나 무능하길래 그따위로 불러? 그래서 꼴랑 셋이서 날 치러 온 거냐?"

"그, 그렇습니다. 서, 성에는 모, 모든 것에 무능하다고 소, 소문이 나 있습니다. 무공도 그렇고, 지능도 그렇고."

"그래? 지금도 내가 무능해 보이냐?"

"아, 아닙니다! 서, 설마 지, 지금까지 정체를 숨기고 지내신 것입니까?"

"그건 나중에 말해 주지. 마지막 질문. 내가 어디로 심부름하러 가고 있었던 것이지? 누가 나에게 심부름을 시킨 것이지?"

"고, 공자님께서는 외, 외가 쪽으로 심부름하러 가던 중이십니다. 심부름을 보낸 분은 성주님이실 거라 추측됩니다."

"아하, 그러니까 아버지가 쓰러지기 전에 시키신 심부름 때문에 밖으로 나온 거고, 그런 나를 몰래 없애려 한 거군, 그렇지?"

"그, 그렇습니다."

"자, 이제 궁금증은 어느 정도 해결되었고…… 너를 어찌 해야 할까."

내가 눈을 게슴츠레하게 뜨며 말하자 움찔하는 대장.

차츰 얼굴이 일그러지면서 울먹거리기 시작하다 결국 울음을 터트렸다.

그러거나 말거나 나는 조용히 물어봤다.

"자, 너도 선택해. 일 번, 나를……."

"따르겠습니다! 무조건 따르겠습니다!"

"대답 시원해서 좋네. 알지, 머리 대."

"크흑!"

"됐다. 너는 봤으니까 따로 시험 안 해도 되겠지."

"네, 그렇습니다!"

"궁금하면 한 번 배신 생각해 보고."

"아닙니다, 절대로 그럴 일은 없습니다!"

"뭐 알아서 해라. 다들 이리로 모여!"

내 말에 조금 떨어져 있던 두 놈이 두 팔로 엉금엉금 기어서 왔다.

세 놈을 한곳에 모은 이유는 치료를 위해서다.

"리스토어."

화악─!

순백의 빛이 세 사람의 주변으로 뿌려졌다.

"허헉! 이, 이건 대체!"

"마, 맙소사. 이게 무슨?"

"이, 이런 말도 안 되는 일이……?"

부러진 다리가 순식간에 낫자 세 사람의 눈빛이 아까와는 달라졌다. 아까는 공포에 물들어 있었다면 지금은 경외하는 눈빛으로 바뀌어 있었다.

⚓

영웅의 등에는 아까 재운 여인이 업혀 있었다. 영웅은 그녀를 업은 채 대호에게 들은 이야기를 정리했다.

이곳 세상에서 영웅의 이름은 백군명이었다.

별호는 무능공자.

얼마나 무능한지는 대충 들었기에 알 수 있었다.

하나를 알려 주면 그 하나를 까먹는다고.

무공도 남들이면 최소 절정은 되었어야 할 정도로 천무성에서 공을 들였단다.

엄청난 영약과 뛰어난 무공 교두들을 투자했는데, 겨우겨우 일류가 된 것이 다였다.

반면 천무성의 중심이 되는 가신들의 자식들은 이미 초절정 이상의 경지에 올랐다고 한다.

사실 경지에 대해선 잘 모르기에 그런가 보다 하고 고개만 끄덕였을 뿐이다.

머릿속에서 열심히 정리하는 중에 등 뒤에서 뒤척임이 느껴졌다.

"으응…….'

잘도 잔다. 세상 태평하게 진짜 잘 잔다.

물론 영웅이 재운 것도 있지만 이렇게 오랫동안 잘 정도로 조처하진 않았다.

시간이 지나면 깨야 하는데 계속 잔다.

쫓기는 동안 많이 피곤했나 보다.

암튼 뒤에서 잠을 자든 말든 신경을 쓰지 않고 영웅은 계속 무언가를 생각하고 있었다.

'아 씨, 화이트 웜홀이 없으면 어쩌지? 화이트 웜홀이 또

다른 평행세계로 이동하는 통로였을 줄이야. 찾아도 문제네. 또 다른 평행세계로 이동하면 어쩌지?'

생각이 끝도 없이 밀려들어 왔다. 가장 중요한 문제이기에 머리가 복잡했다.

왜 이곳으로 보낸 대원들이 깜깜무소식인지 알 것 같다.

웜홀은 보이지도 않고, 또 다른 나와 통째로 교체된 상황이니 쉽게 적응하지 못했을 것이다.

영웅이야 이미 한 번 경험이 있기에 평행세상으로 떨어진 것은 금방 적응했다.

하지만 웜홀이 안 보이는 것은 큰 계산 착오였다. 당연히 웜홀과 웜홀이 연결되어 있으리라고 생각했으니까.

일단은 쉴 곳을 찾는 것이 먼저였다. 그래야 자신을 따라오는 자들을 거기에 두고 조사해 보든가 할 것이 아닌가.

"저, 저깁니다."

뒤에 따라오는 놈들, 그러니까 영웅을 따르기로 한 무인들.

이들은 천무성의 추격조였다. 주로 누군가를 추격하는 데 일가견이 있는 자들로, 천무성의 척살단에 속해 있는 자들이었다.

대장의 이름은 대호, 수하들의 이름은 각각 일호, 이호였다.

이름이 왜 그따위냐고 영웅이 묻자 자신들은 고아였고, 이름은 천무성에서 지어 주었기에 그렇다는 답변이 돌아왔다.

고아인 아이들을 데리다가 저렇게 이름을 지어 주고, 이런 비밀스러운 일에 투입한단다.

아무리 그래도 사람 이름을 너무 대충 지은 느낌이었다.

삼호, 사호도 있냐고 물으니 오십호까지 있단다.

암튼 대호가 가리킨 곳을 바라보니 오두막이 보였다.

"저희가 수색하거나 훈련할 때 이용하는 거점 중 한 곳입니다."

"오! 생각보다 괜찮네?"

오두막의 상태는 생각보다 깔끔했다. 사내들이 잠시 쉬어 가는 장소라고 해서 냄새나고 장난 아니게 더러울 것으로 생각한 자신을 반성해 보는 영웅이었다.

"제가 더러운 곳에서는 잘 못 자는 성격이라……."

대호가 뒷머리를 긁적이며 말했다.

생긴 건 돼지우리에서도 코를 골면서 자게 생겼는데 의외였다. 그래도 저 성격 탓에 깔끔한 집에서 하루를 보낼 수 있으니 다행이었다.

"잘했다. 앞으로도 계속 그 성격 유지하도록."

"헤헤, 알겠습니다."

영웅의 칭찬에 기분이 좋은지 웃는 대호를 보며, 오두막으로 들어갔다.

일호와 이호는 저녁거리를 잡기 위해 밖으로 나갔다.

영웅은 주변을 둘러보며 아름다운 경치를 감상했다. 휴양

지로 놀러 온 기분이랄까?

여자를 방 안에 조심스럽게 눕혀 놓고 본격적으로 주변을 구경했다.

대호는 장작들을 모아서 불을 지피고 있었다.

저기에 일호와 이호가 잡아 온 고기를 구울 모양인가 보다.

'와, 소설이나 영화에서나 보던 장면을 내가 경험해 보네.'

이런 경험은 언제든지 환영이었다.

두근거리는 마음으로 그들을 기다리는 영웅이었다.

그렇게 시간이 얼마나 흘렀을까.

일호가 무언가 거대한 것을 들고 올라오고 있었다.

사슴이었다.

이미 영웅의 입가엔 침이 고여 있었다. 사슴 바비큐라니, 엄청나게 기대되었다.

이호의 모습도 보였다.

그의 양손에는 토끼가 각 한 마리씩 들려 있었다.

"에이, 오늘은 좀 아껴 먹어야겠네."

대호의 말에 영웅이 놀란 눈으로 바라봤다.

사슴이 작은 것도 아니고 엄청나게 컸다. 거기에 토끼도 두 마리인데, 양이 적다니?

먹방계의 샛별들이 이곳 중원에 있었다.

대호는 자연스럽게 사슴을 다듬기 시작했다. 옆에선 일호와 이호가 각각 토끼 한 마리씩을 잡고 다듬었다.

영웅은 느긋하게 그 모습을 바라보았다.

사슴과 토끼가 불 위에 올려지고 노릇노릇하게 익어 가며 맛있는 냄새가 나기 시작했다.

대호가 고기에 뭔가를 뿌리자 맛있는 냄새가 한층 더 강화되었다.

영웅은 자신도 모르게 침을 꼴깍 삼켰다.

그때 방문이 열렸다. 여자가 눈을 비비고 침을 흘리며 밖으로 나왔다.

그렇게 깨워도 안 일어나더니 음식 냄새에 벌떡 일어난 모양이다. 그렇게 생각하니 이 여자도 보통은 아니었다.

하긴 그러니 그렇게 쫓기는 와중에도 쾌활한 성격을 유지했겠지.

"도, 도련님, 사, 살아 계셨군요! 거, 걱정했잖아요!"

입에 흐르는 침이나 닦고 말했으면 좀 감동이었을 텐데.

시선은 노릇노릇하게 익어 가는 사슴 고기를 향하면서 걱정했다고 말하는 그녀였다.

그래, 배고프면 성인군자도 돌변한다고 하더라. 이해한다.

고기가 다 익자 부리나케 달려와 한 자리 차지하는 그녀를 보며 영웅은 잠시 멍하니 있다가 자신도 모르게 웃었다.

어이가 없어서.

그녀는 한 움큼 입안에 고기를 쑤셔 넣고 오물거리다가 물었다.

"그런데 왜 이 사람들이 같이 있죠? 아, 아까와는 달리 저, 적의가 느껴지지 않는데요?"

2장

참, 빨리도 물어본다.

저렇게 천하태평한 것도 어찌 보면 타고난 거다. 하긴 그러니 무능공자라 불리는 놈을 그렇게 끝까지 보필했겠지.

그에 대한 대답은 대호가 알아서 잘 둘러댔다. 영웅이 일러 준 대로 놀라지 않게 말이다.

"도련님과 함께하기로 했다. 대화해 보니 성에서 도련님에 대한 오해가 있는 것 같으니, 우리가 도련님의 심부름이 무사히 끝나도록 돕고 천무성에도 중재할 생각이다."

"와! 그런데…… 도련님, 기억이 없다고 하셨잖아요. 저들이 오해한 것은 어찌 알았대요?"

예리한 질문이었다.

당황한 영웅이 말했다.

"대, 대호가 대충 나에 대해서 설명해 줬다. 고, 고기나 먹어. 갈 길이 아주 멀다고 하더라."

영웅의 말에 여자는 대수롭지 않은 얼굴로 고기를 오물거렸다.

성격이 단순한 사람이어서 다행이라는 생각을 했다.

안도의 한숨을 쉬고 드디어 사슴 고기를 입 안에 넣는 영웅.

그의 눈이 크게 확장되었다.

엄청 맛이 없었기 때문이다. 기대했던 맛이 아니었다.

노린내는 엄청 심하고, 질겼다.

이런 걸 옛날 사람들은 잘도 먹고 살았다는 생각이 들었다.

영웅은 뼛속까지 현대인 입맛이었다.

결국, 고기를 뱉어 냈다.

'우웩, 이런 걸 어찌 먹어! 베어아릴스가 이래서 인상을 찡그리면서 고기를 먹었구나.'

영웅이 재밌게 보던 외국 프로그램.

조난당한 상황을 보여 주며 생존하는 법을 알려 주는 프로였다.

거기서 나오는 출연자가 직접 사냥해서 고기를 불에 구워 먹는데 맛없다며 인상을 쓰며 먹었다.

그때는 그것이 이해가 안 되었는데 직접 체험하니 단번에

납득이 되었다.

그 모습에 입 안 가득 고기를 넣었던 그녀가 물었다.

"왜요? 입맛이 없어요?"

"응, 갑자기 속이 좀……."

영웅의 말에 대호가 씹고 있던 고기를 꿀꺽 삼키며 물었다.

"다른 것을 준비할까요?"

"아니야. 어? 지금 나 신경 써 준 거야?"

영웅의 말에 대호가 머리를 긁적였다.

"정말 둘이 친해지셨네요. 저한테도 좀 편하게 대해 주세요. 예전처럼 제 이름도 불러 주시고요. 제 이름도 기억 안 나실 테니 말해 드릴게요. 제 이름은 여령이에요."

여령의 말에 영웅이 한숨을 쉬며 입을 열었다.

"미안, 여령. 앞으로는 편하게 대할게."

"히히, 이제 좀 제가 모시는 도련님 같네요. 앞으로 꼭 그렇게 대해 주세요. 아휴, 얼마나 불편했는데요."

"그, 그래."

대충 고개를 끄덕이며 자신의 손에 있는 고기를 물어뜯는 그녀였다. 대답에는 관심도 없어 보였다.

식사를 마치고 영웅은 사람들을 재웠다. 영웅의 하녀는 그렇게 잤음에도 다시 꿀잠에 빠졌다.

모두 잠든 것을 확인한 영웅은 하늘로 날아올랐다.

대기권까지 올라간 영웅은 초신안으로 화이트 웜홀을 찾기 시작했다.

"제발 보이는 곳에 있어라. 아 씨, 있어야 하는데."

영웅의 초신안은 우주에서 걸어가는 사람의 머리카락 모공까지 볼 수 있을 정도로 뛰어났다.

그리고 영웅의 눈에 보였다. 공간이 특이하게 일그러져서 일렁이고 있는 장소가 말이다.

"찾았다!"

대기권에서 바라본 지구는 정말 아름다웠다.

그래서 더욱더 찾기가 쉬웠다.

거대한 아지랑이가 용오름처럼, 거대한 기둥처럼 하늘 높이 일렁이고 있었다.

영웅은 엄청난 속도로 대기권을 돌파하며 그곳으로 날아갔다. 얼마나 기뻤는지 순간 이동을 할 생각도 하지 않은 채 날아간 것이다.

영웅의 몸 주변으로 음속을 돌파했을 때 나타나는 소닉붐이 생겨났다.

콰아아아아—!

어느 정도 가까워지자 영웅이 속도를 줄였다. 그리고 그의 눈에 보인 것은 제발 세상에 존재하기를 바라던 화이트 웜홀이 맞았다.

그것을 증명이라도 하듯이 영웅이 가까이 오자 서서히 빛을 발산하기 시작했다.

자신이 입고 있는 아이템에 반응하는 것이다.

"다행이다! 하하하, 다행이야. 있었어!"

거기에 영웅의 손에 끼워진 반지가 웜홀을 향해 맹렬하게 빛을 발산하고 있었다.

"아, 이런 식으로 알려 준다고. 그래, 이번은 운이 좋았던 거지. 동굴 속이나 이런 곳이었다면⋯⋯."

그렇게 생각하니 반지의 존재가 필요하다고 느껴졌다.

사실 영웅에게는 해당 사항이 아니었다. 초신안 투시로 찾으면 그만이니까.

웜홀을 발견하고 그곳으로 천천히 하강하는데, 주변의 풍경이 뭔가 예사롭지 않았다.

산 정상에 자리한 웜홀 주변은 마치 무언가를 모시는 신전 같은 모양새를 하고 있었다. 그 크기가 어찌나 웅장한지 영웅은 자신도 모르게 경건한 마음을 가졌다.

"뭐지, 신전 같은데?"

신전의 중앙에 화이트 웜홀이 자리하고 있었고, 웜홀 주변은 화려한 장식으로 꾸며져 있었다.

마치 그 웜홀을 숭배하는 것 같았다.

영웅은 웜홀의 모습을 보고 고개를 끄덕였다. 자신이 봐도 황홀할 정도로 아름답고 신비했다.

그러니 이 시대 사람들은 오죽하겠나.

아마도 하늘이 내린 선물, 혹은 신이 떨어뜨린 물건으로 착각했을 수 있었다.

마치 하늘과 연결된 것 같은 착각을 불러오게 하는 모습.

거기에 특별한 아이템이 없으면 만질 수조차 없으니 현혹될 만했다.

그리고 다행히 이것을 소중하게 생각했는지 주변에서 그어떤 인기척도 느껴지지 않았다.

물론 저걸 누가 훔쳐 갈 수 있는 것도 아니고, 노리는 사람도 없을 것이니 이렇게 두는 걸 수도 있었다.

아마 산 아랫부분에서는 경비를 서고 있을 것이다.

하늘에서 날아내려 올 것이라고는 생각 못 했겠지.

일단 그것이 중요한 게 아니었다.

영웅에게 가장 중요한 건 이 화이트 웜홀이 과연 자신이 넘어온 세상과 연결되어 있냐는 것이다.

만약 이 웜홀이 또 다른 평행세상과 연결되어 있다면……영웅은 평행세계의 미아가 되는 것이다.

아니면, 그 또 다른 평행세상에서 만족하고 살아가든가.

영웅은 그 자리에서 한참을 고민했다.

들어갈 것인가, 아니면 조금 더 생각해 볼 것인가.

결국, 영웅은 들어가 보기로 했다. 어차피 이미 평행세상으로 넘어온 마당에 또 한 번 더 넘어간다고 해서 특별히 달라질 건 없을 것 같았다.

"그래, 가 보자! 그렇다고 계속 여기에서 고민만 할 순 없으니까."

영웅이 자신의 뺨을 두어 번 때린 후, 화이트 웜홀 속으로 들어갔다.

저쪽 세상에서 들어갔을 때와는 다르게 이번에는 빨려 들어가는 느낌이 없었다.

안은 LED 등 수천 개가 켜져 있는 거대한 동굴 같았다. 처음에 들어올 때와 다르게 그냥 통로처럼 이어져 있었다.

천천히 그 안을 구경하며 직진하니 저 멀리 검은 소용돌이가 보였다.

직감적으로 저것이 나가는 문이라 느낀 영웅은 서둘러 그곳으로 뛰어들었다.

"어? 벌써 오셨습니까?"

밖에 나오자 반가운 목소리가 들려왔다.

"하하, 아직 여기에 계셨습니까?"

"네, 아직이라뇨? 이제 몇 분밖에 안 지났는걸요."

"몇 분요?"

"네, 대략 20~30분? 그 정도밖에 안 지났습니다."

"허…… 저쪽 세상에서는 12시간 가까이 있었는데요. 음, 시간 차이가 크게 나네요. 그럼 이곳에서 1시간이 저쪽 세상에서 하루인가?"

"정말입니까? 그럴 리가…… 웜홀 속 세상이 바깥과 시간

차이가 나긴 하지만 그렇게까지 많이 나지는 않습니다. 역시 특별한 웜홀이라 그런지 시간도 특별하게 지나가는군요. 어떤 세상입니까?"

연준혁이 초롱초롱한 눈으로 물었다.

영웅은 지금 이게 무슨 상황인지 잠시 생각하다가 자신이 경험한 일들을 말해 주었다.

"하아, 지금까지 보낸 대원들은 안 온 것이 아니고 못 온 것입니다."

"네? 그, 그게 무슨 말입니까? 위험한 곳입니까?"

영웅은 고개를 저었다.

"무협 세상입니다. 중원이라는 곳으로 연결이 되어 있습니다. 다만 그곳에 있는 또 다른 나와 몸이 바뀝니다."

"그게 무슨 말입니까? 몸이 바뀌다니요?"

연준혁이 눈을 동그랗게 뜬 채로 물었다.

영웅은 자신이 경험한 일을 상세하게 설명해 주었다.

"하아, 정말 대단하군요. 평행세상이 존재하는 것도 놀라운 일인데 평행세상의 또 다른 내가 된다니. 하긴 각성자니 상태창이니 이런 것도 말이 안 되는 건 마찬가지죠. 그래서 웜홀이 있는 곳을 못 찾아 돌아오지 못한다는 것이군요."

"맞습니다. 그나저나 또 다른 내가 이 세상으로 오진 않았는지 그게 궁금할 따름입니다."

"그 부분은 제가 한번 알아보겠습니다."

연준혁은 대원들이 돌아오지 못한 이유가 상상도 못 했던 것이라 크게 당황했다.

평행세상의 또 다른 내가 된다니.

그런 것은 상상조차 하지 않았다.

게다가 말을 들어 보니 그곳은 정말로 어딘가에 존재하는 또 다른 세상인 것 같았다.

"우주라는 것은 정말로 신비한 세상이군요. 그거에 비하면 우리는 얼마나 작은 존재인지 새삼 깨닫게 되는군요."

"하하, 정말 신기하더군요. 꼭 무슨 게임이나 무협 영화 속 주인공이 된 기분이었습니다."

영웅의 말에 연준혁이 심각한 표정으로 물었다.

"혹시 사라진 대원들을 찾을 방법이 있을까요? 영웅 님께서 말씀하신 대로라면 그들이 무림에서 지낸 시간은 꽤 되었을 겁니다."

"언제 투입하셨다고 했죠?"

"4개월 정도 지났습니다."

"4개월이라…… 대략 8년 정도 지났겠군요."

"하아, 그렇게 오랜 시간이 지났다니. 그들이 포기할 만하군요."

"셋이 갔어도 각자 바뀐 위치가 제각각이었을 테니, 같은 곳에 떨어진 것도 아닐 겁니다."

"그럼 서로가 지금 어디에 있는지 모르고 지낼 확률도 있겠군요."

"그렇죠."

영웅의 말에 연준혁의 표정이 더욱 심각해졌다.

"제게 좋은 생각이 있습니다. 일단 그 방법으로 가 보죠."

좋은 생각이 있다는 영웅의 말에, 연준혁의 표정이 환해졌다.

"저, 정말입니까? 말씀해 주십시오."

"화이트 웜홀은 특별한 웜홀이라고 하셨지요?"

"네, 화이트 웜홀에 들어가서 돌아온 각성자가 있다는 소리를 들은 적 없으니까요. 그만큼 베일에 가려진 웜홀이었습니다. 영웅 님께서 이렇게 알려 주시기 전엔 말이죠."

"그렇게 특별한 웜홀이니 대충 선별해서 들여보내진 않으셨겠죠?"

영웅의 말에 연준혁이 고개를 격하게 끄덕이며 말했다.

"당연한 말입니다! 엄선하고 또 엄선해서 선별했지요. 가장 위험하다는 보라색 웜홀에 투입할 급으로 선별해서 보냈습니다. 전부 SS급 이상의 능력자들입니다!"

"그 정도면 무림에서도 이름을 날리고 있을 확률이 높습니다. 일단 다시 가서 명성이 있는 자들을 상대로 조사해 보죠."

영웅의 말은 일리가 있었다.

협회는 강한 자들만 선별해서 들여보냈다. 그런 그들이 무림이라는 세상에서 그냥 멍하니 생활하진 않았을 것이다.

게다가 그곳에서 살아남기 위해 자신이 할 수 있는 건 다 했을 터다.

그렇다면 분명히 이름도 알렸을 것이고, 이름을 알리지 않았어도 소문이 났을 확률이 높았다.

조용히만 살지 않았다면 가능한 이야기였다.

"만약 그들이 세상에 모습을 드러내지 않고 조용히 지낸다면요?"

연준혁은 자신의 생각을 이야기했다.

영웅은 씩 웃으며 말했다.

"그건 제가 알아서 하죠. 그것 역시 방법이 있으니까요. 다만 조금 시간이 걸릴지도."

"어느 정도나 걸릴 것 같습니까?"

"늦어도 1년? 이곳 시간으로 대략 보름 정도겠네요."

"알겠습니다. 영웅 님만 믿겠습니다."

영웅은 고개를 끄덕이며 손을 내밀었다.

연준혁이 고개를 갸웃거리며 물었다.

"왜 그러시죠?"

"정보요. 들어간 대원들 정보를 주셔야 제가 알아보죠. 사진이라든가 이름, 신상 정보. 이런 걸 주셔야 찾아보죠."

그제야 연준혁이 자신의 이마를 치며 말했다.

"아, 이런 멍청이! 죄송합니다. 제가 너무 엄청난 소리를 들어서 잠시 정신이 나갔었나 봅니다. 당장 준비하겠습니다."

"네, 준비해 주세요. 저는 일단 밥 좀 먹고 올게요."

"아니, 12시간 동안 식사를 하지 않으셨습니까?"

연준혁의 말에 영웅의 표정이 급격하게 일그러졌다.

속에서 노린내가 다시 올라오는 것 같았다.

"우욱! 어휴, 말도 마세요. 사람이 먹을 것이 못 됩니다. 옛날 시대라 그런지 위생도 개판이고…… 생각난 김에 간편 요리도 좀 사 가야겠네요."

영웅이 왜 저러는지 이해가 가지 않는 연준혁이었지만 그러려니 하고 고개를 끄덕였다.

"알겠습니다. 그럼 다녀오십시오."

"준비는 잘하고 오셨습니까?"

"네, 배도 든든하게 채웠고 마트에서 장도 아주 푸짐하게 보고 왔네요, 하하."

"죄송합니다. 괜히 저희 때문에 고생하시는 것 같습니다."

"아닙니다. 돕고 살아야죠. 그리고 덕분에 그토록 들어가 보고 싶었던 월홀도 가 보고, 재밌습니다."

"그리 말씀해 주시니 정말로 감사합니다. 그리고 이거."

연준혁이 영웅에게 무언가를 내밀었다.

그의 손에 들려 있는 것은 작은 수첩이었다.

"이게 뭡니까?"

"요청하신 저희 대원들 신상명세가 적혀 있는 수첩입니다. 들고 다니기 편하게 작은 수첩으로 만들어 보았습니다. 그 안에 사진이랑 신상 정보가 들어 있으니 참고하시면 됩니다."

"아, 그렇군요. 신경 써 주셔서 감사합니다."

"아닙니다. 오히려 저희가 감사를 드려야지요. 저희 대원들 꼭 좀 찾아 주시길 바랍니다."

"알겠습니다. 오는 길도 찾았으니 이제 편한 마음으로 찾아봐야죠."

"감사합니다. 그런데 거기서 12시간이 여기서 몇 분인데…… 지금 저와 몇십 분째 대화하셨습니다. 시간의 흐름이 다르다면, 저쪽 세상은……."

그랬다. 만약 시간의 흐름이 다르다면 저쪽 세상은 그사이 엄청난 세월이 흘렀을 것이다.

"그것도 확인해 봐야겠네요. 가장 중요한 문제군요."

"너무 무리하진 마십시오. 그래도 최초입니다. 화이트 웜홀에서 되돌아온 사람은요."

연준혁이 품 속에서 작은 카드 지갑을 꺼냈다.

"이것은 또 무엇입니까?"

"그 안에 특수 카드들이 들어 있습니다. 원래 각성자용인데 영웅 님은 각성자의 은총을 입고 계시니 사용 가능할 겁니다. 카드 뒷면에 효과가 적혀 있으니 필요하실 때 꺼내서 쓰시면 됩니다."

"오오! 하하, 이런 걸 받으니 정말 무슨 게임 같군요. 사용법은 어떻게 됩니까?"

"카드를 찢으며 카드 이름을 외치면 됩니다. 영웅 님이 여행하시는 데 도움이 될 겁니다."

영웅이 카드 지갑을 열어 안의 내용물들을 봤다.

카드마다 특이한 이름들이 적혀 있었고, 뒤에 간단한 설명이 있었다.

무슨 카드 게임을 할 때 쓰는 카드같이 생겼다.

"애들 장난감같이 생겼네요."

"하하, 맞습니다. 사실 각성자들이 사용하는 아이템이라는 것이 다 그렇게 생겼습니다."

"그래도 신기하군요. 이런 종이에 특별한 힘이 들어 있다는 것이."

"저희도 그 힘을 알아내려 노력했지만 허사였습니다. 그저 신의 장난이라고 맘 편히 생각 중입니다."

"비싸겠군요."

"하하하! 네, 카드 아이템은 잘 나오지 않는 아이템이라 비싸긴 하죠. 하지만 저 안에서 구조를 기다리고 있을 대원들을 위해서라면 아깝지 않습니다. 꼭 부탁드리겠습니다."

"알겠습니다. 최선을 다해 찾아보겠습니다. 그럼 다시 다녀오겠습니다."

영웅은 손을 흔들며 다시 화이트 웜홀 속으로 몸을 던졌다.

다시 돌아온 야영지에는 영웅이 떠날 때와 마찬가지로 사람들이 새근새근 잠들어 있었다.

중앙에서는 여전히 모닥불이 타오르고 있었다.

"뭐지, 여기도 시간이 그렇게 많이 안 흘렀는데?"

알 수가 없었다.

한참을 생각하던 영웅은 고개를 저으며 생각했다.

'상대성이론 같은 건가…… 아 씨, 뭐가 이렇게 복잡해? 암튼 저쪽 세상에 있으면 이쪽 세상의 시간이 느리게 가고, 이쪽 세상에 있으면 저쪽 세상의 시간이 느리게 간다는 거지?'

뭐가 됐든 영웅에게는 나쁜 것이 없는 상황이었다. 골치 아프게 상세히 파고들 마음은 없었다.

이제 저쪽 세상으로 언제든지 돌아갈 수 있으니 마음도 편했다. 영웅은 편안한 미소를 지으며 자리에 누웠다.

그리고 조용히 눈을 감으며 잠이 들었다.

⌒

다음 날.

영웅은 이동하면서 고민하고 있었다.

'일단 그들을 찾으려면 정보가 필요하다. 음, 정보라. 나부터 먼저 이곳에 적응해야겠군.'

각성자들이 넘어온 것이 대략 4개월 정도 되었다고 했다.

'저쪽에서 4개월이면 이곳에선 대략 8년 정도 지났겠지?'

영웅의 생각대로라면 각성자들이 넘어온 시간은 얼추 8년 정도 지났을 시점이었다.

그 정도 시간이면 그들은 이미 이곳에서 적응을 마친 상태일 것이다.

다만 웜홀을 찾는 건 불가능했을 것이다.

적응하고 이곳에서 생활하느라 바빴을 테니까.

연준혁의 말대로 협회에서 이름을 날리던 각성자였다면, 이쪽 세상에서도 순식간에 이름을 날렸을 것이다.

최근에 이름을 날리기 시작한 강자들을 찾아보면 될 것 같았다. 그동안은 자신 역시 이곳에 적응하기로 마음먹었고.

겸사겸사 또 다른 자신인 백군명의 일도 처리해 주고 말이다.

생각을 정리한 영웅은 길을 이동하며 대호에게 물었다.

"내 외할아버지가 누구지?"

"공자님의 외조부님은 패도연가(覇刀連家)의 가주이신 패왕도(覇王刀) 연무성 님이십니다."

백군명의 외할아버지의 이름은 연무성.

패도연가의 가주였고, 무림에서 흔히 말하는 별호는 패왕도였다.

패왕도 연무성.

강호에 존재하는 17명의 절대지경(絕對之境) 고수를 일컫는 삼제이군십이지왕(三帝二君十二之王) 중 한 명이라고 한다.

백무상, 즉 백군명의 아버지 역시 저 인물 중 한 명이었다.

영웅은 문득 이상한 것을 느꼈다.

'상황을 정리해 보자. 성주는 분명 이 몸을 살리기 위해 심부름이라는 구실로 내보냈을 것이다. 그런데 구실로 보낸 서찰치고는 재질이 너무도 고급스럽다.'

영웅은 자신의 뒤에 따라오는 여령에게 서찰을 달라고 했다.

그리고 서찰을 받아서 펼쳐 읽어 보았다.

하지만 펼쳐진 서찰에는 아무것도 적혀 있지 않았다.

그래도 실망하지 않았다. 영웅은 초신안을 전개했다.

그러자 아무것도 적혀 있지 않던 서찰에 글씨가 보이기 시작했다.

역시 짐작대로 특수한 방법으로만 볼 수 있도록 조치를 취해 놓은 것이다.

장인어른께서 이 서찰을 받으실 때쯤이면 저는 이미 의식이 없는 상태일 것입니다.

첫째도 쓰러지고 저마저 쓰러진다면, 남아 있는 우리 막내가 위험합니다.

장인어른, 부디 우리 막내를 잘 보살펴 주시길 바랍니다. 사람들이 무능하다고 놀리지만, 저에게는 누구보다 소중한 자식입니다.

장인어른께 이런 부탁을 드려서 정말 죄송합니다.

또한 우리 가문의 가보 역시 같이 보내니, 부디 저희 가문의 마지막 남은 핏줄을 부탁드립니다.

'가문의 가보?'

가문의 가보가 뭐란 말인가?

그것을 말해 주어야 할 것이 아닌가.

그리 생각하는데 서찰의 글씨 뒤에 또 무언가가 보이는 것 같았다. 영웅은 초신안 투시를 전개했다.

'헉! 지도잖아? 이게 가보인가?'

서찰 안에는 지도가 같이 들어 있었다. 허를 찌르는 수법이었다.

서찰 속에 숨겨진 지도라니.

'보물 지도 같은 건가?'

장인어른, 저희 가보가 무엇인지 잘 아시니 따로 말씀드리진 않겠습니다.

또한 어디에 숨겼는지도 말씀드리지 않겠습니다.

제가 전에 말씀드렸으니 대충 짐작하시리라 믿습니다. 그곳에 있는 모든 걸 장인어른께서 가져도 상관없습니다.

부디 우리 막내, 군명이를 잘 부탁드립니다. 이런 부탁을 드리는 못난 사위를 용서하시길 바랍니다.

내용을 보면 무언가가 숨겨진 가문의 비동 같은 곳인 모양이다.

'일단 날 잡아서 한번 찾아봐야겠군.'

영웅은 서찰을 다시 돌돌 말아서 통 안에 집어넣고는 자신이 직접 들고 패도연가로 길을 재촉했다.

쾅─!

분노한 남자의 주먹질에 책상이 산산조각이 나면서 바닥으로 무너져 내렸다.

그 모습에 보고하러 온 수하들이 공포에 파르르 떨었다.

"다시 말해 봐, 뭐라고?"

거친 숨을 몰아쉬며 당장이라도 자신의 앞에 있는 사람들을 찢어발길 것 같은 눈빛으로 물었다.

그 모습에 앞에 서 있던 수하들은 차마 입을 열지 못하고 우물쭈물하고 있었다.

짜악─! 콰당탕탕─!

남자의 손찌검에 한 명이 날아가 구석에서 꿈틀거렸다.

"말해."

"노, 놓쳤습니다! 추, 추격조에게서 연락이 끊겼습니다!"

"그러니까 왜! 왜 끊겼냐고!"

"그, 그것은 조, 조사 중으로……."

퍼억—!

"이런 병신 같은 것들이! 너희가 그러고도 대천무성의 척살단이냐? 엉? 그깟 병신 하나를 못 처리해서 지금 이 지랄을 하는 거야? 엉?"

퍼억—! 퍼억—!

연신 자신의 앞에 있는 자들을 발로 밟고 있는 사람.

그는 천무성 대장로의 오른팔이자 이 음모의 중심에 있는 자였다. 그의 이름은 류명이었다.

"헉헉! 다시 보내. 아니, 추격조들 모조리 보내. 무슨 수를 써서라도 죽여야 한다, 알았나?"

"네! 아, 알겠습니다!"

"당장 가서 찾아! 무능한 새끼니까 아직도 어딘가에서 배회하고 있을 거다. 뭐 해, 빨리 안 나가?"

"네, 네! 알겠습니다!"

수하들이 류명의 말에 쓰러진 동료를 들쳐 메고 서둘러 나갔다.

곧 심각한 표정을 짓던 류명도 서둘러 몸을 움직였다.

"쯧쯧, 놓쳤더냐?"

"죄, 죄송합니다…… 그, 그것이…….."

"한심한 놈, 그것 하나를 제대로 못해서…….."

"죄송합니다."

"되었다. 어차피 살아 있다 해도 우리를 어찌할 수 있는 놈이 아니다. 그딴 무능한 놈은 그만 신경 쓰고 앞으로 일에 집중하거라."

"네, 알겠습니다."

류명이 찾아간 곳은 천무성 성주 대행이자 대장로인 초무정이 있는 집무실이었다.

천왕검(天王劍) 초무정.

그 역시 십이지왕 중 일인이었다.

초무정이 류명에게 심각한 표정으로 말했다.

"그보다 다른 놈들은 어찌하고 있는지 잘 지켜보고 있느냐?"

"성주파 사람들에게서는 아직 큰 움직임이 보이지 않고 있습니다."

"그렇겠지. 패왕도…… 연무성, 그 늙은이가 이 일을 알게 되면 일이 복잡해진다. 성주파 놈들과 연합하기 전에 모든 것을 마무리해야 한다. 연무성, 그 늙은이가 나서지 못하도록 말이다."

"네!"

"골치 아프군. 하아, 이럴 줄 알았으면 내가 직접 나서서 그 병신의 목을 꺾어 놓을 걸 그랬군."

초무정이 크게 한숨을 쉬며 천장을 바라보았다.

"그나저나 성주는 어디에 자신의 가보를 숨겨 두었을 까……. 분명히 백가의 모든 것이 숨겨진 지도라고 들었는데. 만약 그것이 다른 이들에게 넘어간다면…… 강호에 거대한 바람이 불겠지, 피 향 가득한 바람이. 크크크, 그것도 나쁘진 않겠군."

어느 깊은 산속.

영웅 일행은 밤이 깊어 야영을 하고 있었다.

여령은 피곤했는지 아주 깊은 잠에 빠졌다.

잠도 오지 않고 심심했던 영웅은 대호에게 무공에 관해 물었다.

영웅의 물음에 대호는 고개를 갸웃거리다가 기억을 잃은 것을 생각해 내고는 고개를 끄덕였다.

그러다가 화들짝 놀라서 영웅을 멍하니 바라보았다.

생각해 보니 영웅은 기억을 잃었다. 그리고 무공에 대한 것도 모두 잃었다.

그런 영웅에게 자신들은 손도 못 쓰고 당한 것이다.

'무, 무능공자는 무슨! 괴물이다. 강호 역사상 한 번도 등장한 적이 없는 규격 외의 괴물!'

그제야 느꼈다, 영웅이 얼마나 엄청난 괴물인지를.

세상은 완벽하게 속고 있었다.

또한, 영웅이 자신의 검을 내공으로 강기를 일으켜 튕겨 낸 것이 아니라는 사실도 떠올랐다.

그냥 말 그대로 몸으로 전부 다 받아 낸 것이다.

'그런데 우리한테 제약은 어찌 건 거지?'

생각해 보니 무공을 모르는데 자신들한테 엄청난 제약을 걸었다. 무언가에 홀린 기분이었다.

그것을 아는지 모르는지 영웅이 나직하게 말했다.

"뭐 하냐? 어찌하면 튈까 고민하냐? 대가리를 부여잡지 않는 걸 보니 그건 아닌 거 같고."

"아, 아닙니다! 저 구, 궁금한 게 있는데 여쭤도 되겠습니까?"

"응, 뭔데? 말해 봐."

"저, 저기 무공을 하나도 모른다고 하셨으면서 어찌 저희에게 제약을 걸 수 있습니까? 사, 사술 같은 겁니까?"

대호의 말에 영웅이 피식 웃었다.

'사술이라니. 아니지, 사술이 맞나?'

염력도 사술의 일종이라면 맞는 말일 수도 있겠다.

하지만 사실대로 말해 줄 생각은 조금도 없었다.

"그, 글쎄. 그건 그냥 갑자기 기억이 났다고 해야 하나?"

"갑자기요? 생각해 보니 제가 알고 있는 공자님은 이렇게 강하지 않았습니다. 말도 이렇게 조리 있게 하시지 않았고요. 많이 쳐줘야 일류 언저리에 머무는 실력인데…… 정말로 누구십니까?"

이놈이 갑자기 호랑이 간을 삶아 먹었나.

왜 이리 겁이 없어지는지 모를 일이었다.

영웅은 곰곰이 생각했다.

'진실을 말해 주어야 하나, 말아야 하나?'

역시 진실을 말해 주는 것이 앞으로도 편할 것 같았다.

자기들이 진실을 알면 어쩔 것인가, 아니 오히려 진실을 알면 더 자신에게 협조할지 모른다는 생각이 들었다.

"흠, 좋아! 말해 주지. 나는 무능공자인지 뭔지가 아니다. 그딴 놈은 누군지도 모르고."

"저, 정말입니까?"

"그래, 자다 일어나니 여령이 있었고, 그녀는 나를 자기가 모시는 공자라고 착각을 하더군. 내가 그 백군명이라는 사람과 닮았나?"

영웅의 물음에 대호가 고개를 갸웃거리며 말했다.

"다, 닮으신 것 같기도 하고……."

"아무튼, 나는 그녀의 주인이 아니다. 더불어 이쪽 세상 사람도 아니다."

"네? 그, 그것이 무슨 말씀이신지……."

"말 그대로다. 중원 사람이 아니라는 거지."

"그, 그럼? 새외 사람입니까?"

"엄밀히 따지면 그렇지? 이쪽으로 여행을 왔는데, 우연히 그녀와 엮인 거니까."

영웅의 말에 대호는 억울해 죽을 판이었다.

하필 엮여도 이런 괴물이랑 엮인단 말인가.

대호의 표정을 보던 영웅은 고개를 들이밀며 말했다.

"왜, 억울하냐? 억울해하지 마라. 내가 좀 강하거든."

"무, 무공도 모르시잖습니까. 이곳 중원은 괴물 같은 사람들이 넘쳐 나는 곳입니다."

"그래? 어떤 괴물이 있는데?"

영웅이 눈을 반짝이며 물었다.

괴물 같은 사람들이 널려 있다고 말하면 긴장할 줄 알았는데, 오히려 호기심 가득한 얼굴로 물어 오니 대호가 더 당황했다.

"왜 말을 하다가 말아. 어떤 괴물들이 있냐니까?"

영웅의 재촉에 대호가 설명을 시작했다.

"중원에는 삼제이군십이지왕이라는 절대지경의 고수들이 있습니다. 그들은 정말로 산을 부수고 땅을 가르는 괴물들이

지요. 공자님께서 아무리 강하시다 해도 그들에게는 힘들 겁니다."

"오호, 산을 부수고 땅을 가른다고? 그건 나도 할 줄 아는데."

"네?"

"나도 할 줄 안다고. 왜, 못 할 거 같아?"

"하하, 공자님도……. 그것은 정말로 그렇게 한다는 것이 아니라 은유적인 표현입니다. 정말로 그런 엄청난 일을 할 것같이 강하다는."

"나는 진짜로 할 수 있는데?"

"……무공 모른다면서요."

"무공을 알아야 할 수 있다는 편견은 버려. 아까 말했지, 나 강하다고."

영웅은 말하다가 생각했다.

이들에게는 자신의 힘을 보이기로, 그래야 앞으로 다루기가 수월할 것 같았다.

"안 되겠네."

영웅이 깊게 잠든 여령의 머리 위에 손을 올렸다.

이미 깊게 잠이 들었지만, 혹시라도 깰 수 있으니 더 깊게 재우는 것이다.

그리고 품속에서 종이를 꺼냈다.

연준혁이 건네준 각성자용 아이템이었다. 영웅은 각성자

의 은총을 입고 있기에 사용 가능했다.

[현혹의 눈]

등급 : A

−지켜야 할 대상에게 누군가가 접근하면 현혹하여 다른 곳으로 가게
만든다.

−1회용.

−각성자 전용.

"아, 이름을 외치라고 했던가? 거참, 현혹의 눈!"

부욱−! 퍼엉−!

종이가 찢기면서 전방에 무언가가 생겨났다. 모양은 해바
라기인데 가운데에 커다란 눈이 있었다.

커다란 눈이 껌벅껌벅하면서 영웅을 바라보았다.

"저 아이를 내가 올 때까지 지키렴."

영웅이 가리킨 곳을 바라보던 거대 해바라기가 고개를 끄
덕였다.

잠시 그 모습을 신기하게 바라보던 영웅이 고개를 돌리자
입을 쩍 벌린 채 경악하는 세 사람이 눈에 들어왔다.

"주, 주술사였습니까? 어, 어쩐지 심상치 않으시더라니."

"저, 저건 뭡니까?"

호들갑을 떠는 세 사람에게 영웅은 별거 아니라는 식으로

말했다.

"응, 저기 자는 여령에게 누군가가 접근을 하면 그 사람을 현혹시켜 다른 곳으로 보내 주는 녀석이래. 신기하지? 나도 신기하네."

"네?"

자신이 불러내 놓고 같이 신기해하고 있었다.

도대체 정체가 무엇일까?

영웅은 그런 세 사람에게 말했다.

"자 자, 그만 보고 가자. 이러다가 해 뜨겠다."

"네? 네."

세 사람은 영웅을 따라가면서 생각했다.

영웅이 자신들에게 했던 말들이 왠지 사실일 것 같다고.

미적미적 따라가는데 그들의 몸이 허공으로 둥둥 뜨기 시작했다.

"내가 성격이 급해서 말이지."

파앗- 슈아아앙-!

땅을 박차고 하늘로 날아오른 영웅과 그런 영웅 뒤로 엄청나게 빠른 속도로 끌려가는 세 사람이었다.

"으아아아아아악! 허, 허공섭물?"

"이, 이게 뭐야아아아아!"

"사, 사람 살려!"

갑작스럽게 끌려가는 것도 모자라 하늘을 날고 있었다. 생전 처음 겪는 일에 이들은 정신이 나갔는지 연신 이상한 비명을 질러 댔다.

그러거나 말거나 영웅은 연신 두리번거리고 있었다.

"저기가 좋겠네."

딱 봐도 적당한 장소가 보였다. 아주 깊은 산속인 데다 주변에 인가 자체가 보이지 않았다.

산 몇 개 정도는 날려도 크게 티가 나지 않을 것 같았다.

슈아앙―!

세 사람을 데리고 그곳으로 내려간 영웅.

그런데 난감한 일이 벌어졌다. 세 사람이 기절한 것이다.

"뭐야, 기절했어? 아니, 겨우 그거 가지고 기절하면 어쩌자는 거야."

자기가 날아온 속도는 생각하지 않고 기절한 사람들에게 뭐라 하는 영웅이었다.

찰싹찰싹!

뺨을 때려 기절한 애들을 깨웠다.

잠시 후.

눈을 뜬 세 사람의 뺨은 퉁퉁 부어 있었다.

"이 자식들이, 내가 얼마나 강한지 보여 달라더니 잠을 자? 아주 그냥 푹 자더라?"

세 사람은 어이가 없었다.

어떻게 봐야 그것을 자는 걸로 볼 수가 있단 말인가.

억울했지만 어쩌겠는가, 영웅이 자신들보다 강한 것을.

세 사람은 속으로 투덜거렸지만, 그것은 곧 경악으로 바뀌었다. 자신들의 눈앞에서 엄청난 일이 벌어지고 있었기 때문이다.

처음엔 어두워서 잘 보이지 않았다. 그저 하늘에 먹구름이 뜬 거로 생각했다.

그러다가 구름에 가려졌던 달이 모습을 드러내자 자신들이 먹구름이라 생각했던 것의 정체가 드러났다.

그것은 산이었다.

산봉우리 하나가 통째로 하늘에 떠 있었다.

태어나서 처음 보는 엄청난 광경에 다들 입을 쩍 벌린 채하늘을 바라보았다.

엄청난 광경에 정신을 쏙 빼놓고 있는데 옆에서 목소리가들려왔다.

"어때? 내 능력 죽이지?"

"서, 설마…….."

"응, 내가 띄운 거야."

세 사람은 이제 영웅을 사람으로 보지 않았다.

삼제이군십이지왕 정도의 경지가 되면 허공섭물을 전개할 수 있었다. 물체를 손대지 않고 띄울 수 있는 경지였다.

이 기술로 검이나 도를 날려 공격할 수도 있었고, 또한 암기를 날려 대상을 향해 조종할 수도 있었다.

하지만 지금 자신들의 눈앞에 펼쳐진 광경은 그딴 것이 아니었다.

"시, 신이십니까?"

"신 아니고 인간. 이제 내가 강한 거 알겠지? 더 보여 줘? 가령 저 산을 날려 버린다든지, 아니면 산산조각을 낸다든지. 그것도 아니면 바다에 던져서 섬을 만든다든지."

하나같이 말도 안 되는 소리였다.

자신들의 두 눈으로 이 엄청난 광경을 목격하지 않았다면 그냥 웃어넘겼을 것이다.

사실 눈으로 보고도 믿기지 않았다.

자신들이 꿈을 꾸고 있는 건 아닌지 뺨을 때리기도 하고 허벅지를 꼬집기도 했다.

하지만 아팠다.

세 사람이 자신의 허벅지에서 올라오는 고통을 느끼고 있을 때, 영웅이 말했다.

"아니면 삼제이군십이지왕이라는 놈들이 있는 곳에 날려 볼까? 그렇게 괴물이면 이 정도는 가볍게 막겠지, 그렇지?"

호기심 가득한 얼굴로 물어보는 것이 더 공포였다. 자신들이 고개를 끄덕이면 바로 저 거대한 산을 날릴 것이다.

그들은 고개를 세차게 저었다.

"저, 저걸 날리면 그, 그곳에 있는 많은 사람이 주, 죽을 것입니다. 고, 공자님께서는 부, 불살이라고 하지 않으셨습니까?"

대호가 간신히 입을 열어 말했다.

무슨 수를 써서라도 설득해야 했다.

"아, 그거. 내 눈앞에서만. 안 보이는 곳까지 내가 신경 쓸 필요는 없지."

영웅의 말에 대호의 표정이 멍해졌다.

불살이라길래 그래도 정의로운 인물인 줄 알았더니 그게 아니었다.

미친놈이었다.

"아, 안 됩니다! 저, 절대로 못 막습니다. 삼제이군십이지 왕이 아니라, 그 누구도 저걸 막을 순 없습니다."

저게 하늘에서 날아온다면 재앙이었다.

"산을 부수고 땅을 가른다며."

산도 산 나름이었다. 저건 그냥 동네 뒷동산이 아니었다.

정말로 중원에서 알아주는 명산 정도의 크기였다. 저게 떨어진다면 마을이 아니라 성 하나가 통째로 날아갈 것 같았다.

"아, 아닙니다! 저희가 헛소리를 한 겁니다! 그냥 과장한 겁니다! 세상에 그런 사람이 어디에 있습니까!"

"마, 맞습니다. 부, 부디 자, 자비를 베풀어 주십시오."

세 사람의 애원에 그럴 줄 알았다는 표정으로 영웅이 말했다.

"이제 믿는 거지, 내가 강하다는 것을?"

"네, 믿습니다!"

"아! 너희가 도망가면 이 산을 너희 머리 위로 날릴 거야, 알지?"

"헉! 저, 절대 도, 도망가지 않습니다! 가, 가뜩이나 제, 제약이 거, 걸려 있는데 저희가 가면 어딜 가겠습니까!"

숨도 안 쉬고 속사포로 말을 해 댔다.

그 모습에 만족한 영웅이 웃으며 말했다.

"좋아, 그러니까 앞으로는 알아서들 잘해라. 알았지?"

"네, 알겠습니다!"

"오늘 본 건 내가 허락하기 전엔 절대로 함구하고, 알았지?"

"네, 오늘 저는 아무것도 못 봤습니다!"

"저희도 들은 것도 없고 본 것도 없습니다!"

우렁차게 답하는 그들을 보며 만족스러운 미소를 보이는 영웅이었다.

"자, 그럼 다시 돌아가 볼까?"

마지막 말에 다들 표정이 썩어 들어갔다.

공포에 잠시 잊고 있었던 것,

바로 이곳에 어찌 왔는지 기억해 낸 것이다.

허공으로 서서히 떠오르는 몸을 보며 그들의 표정은 모든 것을 달관한 표정으로 바뀌었다.

다음 날 아침.

여령은 세 사람의 달라진 모습에 고개를 갸우뚱거렸다.

"뭐지, 밤새 무슨 일 있으셨어요?"

여령의 물음에 대호가 바짝 군기 든 모습으로 말했다.

"이제부터 공자님을 성심성의껏 모시기로 다짐했다! 잘 부탁한다."

대호의 말에 일호와 이호가 고개를 격하게 끄덕였다.

그들의 말에 여령이 두 눈을 껌벅이며 영웅을 바라보았다.

"공자님, 이분들 좀 이상해진 것 같아요. 사람이 갑자기 변하면 조심하라고 했는데……."

잔뜩 경계하는 표정으로 영웅의 뒤로 숨는 여령이었다.

"그냥 대화를 좀 했어. 생각보다 좋은 애들이더라."

영웅의 말에 대호와 일호, 이호는 속으로 구시렁거렸다.

'그게 대화냐?'

그들이 속으로 구시렁대는 것을 아는지 모르는지 영웅은 열심히 여령에게 설명했다.

"저들이 나를 노린 것을 후회하며 개과천선하고 싶어 해서 내가 그러라고 했어."

"음…… 알겠어요. 그런데 공자님은 기억도 없고 힘도 없으면서 언제 저렇게 서열 정리까지 하셨어요?"

"기억이 없으니까 이런 것은 더 확실하게 해야지. 그리고 내가 천무성주의 아들이라는 것이 곧 힘이지, 안 그러냐?"

"네, 그렇습니다!"

영웅이 어떠냐는 표정으로 여령을 바라보았다.

"기억이 없다면서 그런 건 어찌 그리 잘 써먹으세요?"

"그러게? 아마도 본능이 아닐까?"

"그런가요? 기억을 잃어 봤어야 알지."

여령의 투정에 영웅은 미소를 지었다.

"알겠어요. 공자님이 하시는 말씀인데 맞겠지요."

밝은 표정으로 자신에게 말하는 여령을 바라보며 잠시간 동안 생각하던 영웅은 이내 고개를 흔들었다.

'안 되지, 안 돼. 나는 이 세상의 사람이 아니다. 정을 주면 안 된다.'

이곳은 자신이 있을 세상이 아니라고, 정을 주지 말자고 다짐하는 영웅이었다.

감숙성 난주현.

오래전 거대한 도 하나로 세상을 호령한 인물이 있었다.

도천제 연선군.

삼제이군십이지왕 전에 강호를 호령하던 오천제 중 일인.

1백 년 전, 그는 결혼하면서 감숙성 난주현에 자리를 잡았다.

　그 후로 태어난 아이가 대를 이어 명성을 날렸고, 그자가 바로 현재 패도연가(覇刀連家)의 가주인 패왕도(覇王刀) 연무성이었다.

　연무성은 자식들에게 정을 주지 않기로 유명했다. 심지어 웃는 모습을 보인 적 없어서 무소패왕(無笑覇王)이라고도 불렸다.

　"할아버지, 소손 인사 올립니다."

　"허허허허허, 오냐! 우리 손주 왔느냐!"

　무소패왕이라 불리는 연무성의 입이 귀에 걸려 있었다.

　절대로 웃지 않는 그의 입을 헤벌쭉하게 만드는 유일한 사람.

　바로 백군명이었다.

　연무성은 백군명, 그러니까 영웅에게 달려가 그를 안았다.

　당황한 영웅이 어찌해야 하나 고민을 하던 차에 연무성이 몸을 떼어 내며 말했다.

　"허허허! 우리 손주. 그래, 그 먼 길을 어쩐 일로 왔느냐?"

　연무성의 말에 영웅은 서찰 통을 꺼내 건넸다.

　"아버지의 심부름입니다."

　영웅의 말에 환한 미소를 거두고 진지한 표정으로 건네준 서찰 통을 받아 드는 연무성이었다.

"일단 여기서 읽을 만한 건 아닌 것 같구나. 우리 손주, 먼 길 오느라고 고생했으니 들어가 좀 쉬려무나."

"알겠습니다."

연무성은 사람을 시켜 영웅을 안내하게 하고 자신은 서찰 통을 들고 집무실로 들어갔다.

집무실로 들어간 그는 심각한 얼굴로 서찰 통을 바라보았다.

언젠가 사위가 한 말이 기억난 탓이었다.

"장인어른, 언젠가 제가 막내 편으로 이렇게 생긴 서찰 통과 함께 서찰을 보낸다면 제게 큰일이 벌어진 것으로 아시면 됩니다."

"이 사람아, 그게 무슨 소린가? 자네는 이 무림을 좌지우지하는 삼대세력 중 하나인 천무성의 성주일세. 또한 천하에서 가장 강하다는 삼제 중 한 명 아닌가."

"하하, 저를 좋게 봐 주시니 몸 둘 바를 모르겠습니다. 하지만 요즘 성안 분위기가 심상치 않습니다, 휴우."

"천하의 자네가 그리 걱정할 정도인가?"

"어디서부터 틀어진 것인지…… 바로잡으려면 오랜 시간이 필요할 것 같습니다. 하하, 오랫동안 고인 물은 썩는다더니 그 말이 맞나 봅니다."

밤에 자신을 몰래 찾아와 하소연하던 사위의 지친 표정과 말이 떠올랐다.

삼제이군십이지왕 중에서도 가장 강한 세 사람.

삼제 중 한 명, 천검제 백무상.

그런 그를 저리도 지치게 만들다니, 누군지 몰라도 대단한 자였다. 연무성이 서찰 통을 보자마자 표정이 굳은 것도 그 때문이었다.

어려서부터 연약했기에 누구보다도 마음을 주고 신경을 썼던 막내 외손주가 이 사실을 알면 안 되었다.

그래서 몰래 읽기 위해 집무실로 들어온 것이다.

심호흡하고 천천히 개봉한 뒤, 꺼낸 서찰에 열양지기를 흘려보내는 연무성이었다.

서찰에 열기가 들어가자 서서히 글씨들이 모습을 드러내기 시작했다.

연무성은 서찰의 글을 떨리는 눈으로 읽어 내려갔다.

"으드득, 도대체 어떤 놈들이! 내 소중한 딸과 손주들에게 마수를 뻗쳤단 말이냐!"

와작─!

서찰이 꾸겨지는 소리와 함께 분노한 연무성의 음성이 방 안을 채웠다.

모든 것이 가려진 알 수 없는 세력에 의해 야금야금 장악당한 천무성이었다.

백무상은 그 세력을 찾아내기 위해 모든 노력을 다했지만, 이미 성은 그들의 손아귀에 넘어간 상태였다.

성안의 모든 이가 그들과 한통속이었다.

아무리 강하면 뭐 하나.

그렇게 백무상은 서서히 그들의 마수에 죽어 가고 있었다.

이제 남은 것은 약하디약한 막내, 백군명밖에 없었다.

'저 아이가 천무성의 성주 자리에 관심이 있을까?'

절대 그럴 일이 없었다.

무공 배우는 것을 극도로 싫어했고 그나마도 몸이 약해서 제대로 익히지도 못했다.

온갖 영약과 비법을 이용해서 겨우겨우 만들어 놓은 것이 지금의 일류 경지.

일류라 하니 높아 보였지만 실상은 강호에서 가장 아래에 있는 경지였다.

물론 일류 아래에 이류 무사가 있었다.

하지만 그들은 한 줌의 내공을 가지고, 저잣거리에서 파는 싸구려 무공 비급을 익힌 이들이었다.

"허어, 어쩐다. 저 아이에게 뭐라고 설명한단 말인가."

고민이 컸다.

이곳에 있으라고 말하려 해도 뭐라 설명해야 할지 난감했다.

그러다가 좋은 생각이 떠올랐다.

"그렇지. 저놈이 이 서찰을 봤을 리가 없으니, 나에게 무공을 배우게 하려고 보낸 것이라고 둘러대면 되겠군."

둔재 중의 둔재.

무능공자라고 불릴 정도로, 재능이라고는 눈곱만큼도 없는 손자였다.

그런 손자에게 남들도 익히기 어려워하는 상승무공을 가르칠 것이다.

그리고 그 무공을 극성까지 익히지 않으면 집에 못 간다고 말하면 될 일이었다.

일단 이곳에 잡아 두고, 연가의 모든 것을 동원해서 천무성에 있는 사위와 첫째 손자를 구할 방도를 찾을 생각이었다.

'사위, 내가 꼭 구해 주겠네.'

주먹을 꼭 쥐며 굳게 다짐하는 연무성이었다.

* * *

영웅은 자신의 손에 들려 있는 목갑과 책자를 멍하니 바라보았다.

책자에는 묵룡파천신공(墨龍破天神功)이라고, 목갑에는 화령단(和寧團)이라고 적혀 있었다.

아침에 연무성이 이제부터 네가 익혀야 할 무공서와 섭취해야 할 영약이라며 던져 주고 간 것이다.

무공을 다 익히기 전에는 이곳에서 절대로 떠날 수 없다는 엄포와 함께 말이다.

영문도 모른 채 책자를 바라보며 자신과 같은 방에 배정된 대호에게 물었다.

"이게 뭐냐, 묵룡파천신공? 화령단? 이게 뭔지 알아?"

영웅의 물음에 그곳에 있는 세 사람은 어이없는 표정으로 그를 바라보았다.

"저, 정말로 몰라서 묻는 것입니까?"

"모르니까 묻지, 아는데 왜 물어? 입 아프게. 내가 그렇게 한가해 보이냐?"

짜증 섞인 목소리에 대호는 재빨리 입을 다물었다.

잠시 잊고 있었다. 영웅이 얼마나 무서운 인간인지를 말이다.

"묵룡파천신공은 과거에 묵룡대제라고 불리던 자의 무공입니다. 엄청난 무공이지요. 묵룡대제 외에 아무도 극성까지 익힌 자가 없어서 그 진정한 위력을 아는 자가 없다고 알려진 무공이기도 하고요. 제가 알기론 그것을 극성까지 익히면 거대한 전각도 흔적 없이 날려 버린다고……."

대호는 말을 하다가 말았다.

생각해 보니 전각이 아니라 산을 통째로 들어 올리는 인간 앞에서 할 소리가 아니었다.

"왜 말을 하다가 말아, 계속해."

"네…… 화령단은 패도연가가 자랑하는 영약입니다. 그 것을 먹으면 최대 30년의 내공을 얻을 수 있다고 알려져 있습니다."

"내공? 그것은 어찌 얻는데?"

"그, 그것이 운기조식을 통해서……."

"운기조식이 뭔데?"

영웅은 아는 게 없었다. 애초에 저런 게 없어도 강하기 때문이다.

하지만 이곳은 영화에서나 보던 무협 세상이었다. 자신도 무협 영화에서 보던 그 화려한 무공을 경험해 보고 싶었다.

초롱초롱한 눈으로 연신 물어 오는 영웅을 보며 난감해진 대호였다.

딱히 무공을 배우지 않아도 충분히 무림 정복이 가능해 보이는 인간이 저리도 흥분하며 달려드는 게 이해가 가지 않았다.

그래도 친절하게 설명했다.

대호의 설명대로 영웅은 곧바로 가부좌를 틀고 호흡을 고르기 시작했다. 그리고 내공이라는 것을 느끼기 위해 온 신경을 집중했다.

대호의 말대로라면 들숨과 날숨의 시간이 길수록 내공이 쌓이는 속도가 빨라진다고 했다.

"흐읍!"

숨을 깊게 들이쉬는 영웅.

그런데 내쉬질 않았다.

대호는 당황했다. 길수록 좋다고는 했지만, 저건 길어도 너무 길었다. 보통 사람이라면 벌써 질식하고도 남을 시간이 지나고 있었다.

그런데 영웅의 안색은 전혀 변화가 없었다.

"후우!"

무려 한 식경(30분)을 숨을 참았다가 내쉬는 영웅을 보며 기겁하는 대호와 일호, 이호였다. 그들의 눈에는 믿기지 않는다는 표정이 가득했다.

사람이라면 이렇게 오랫동안 숨을 참으면 안 되었다.

그런데 영웅은 그것을 하고 있었다.

다시 한 식경이 지나고, 숨을 뱉으며 눈을 뜨는 영웅.

그의 입에서는 엄청난 소리가 나왔다.

"오! 정말 뭔가가 그 단전이라는 곳에서 간질거리는 거 같아."

"네? 그, 그것을 벌써 느꼈다고요?"

"응, 두어 번 하면 단전이라는 곳이 꽉 찰 거 같은데? 이제 이걸 몸 안에 있는 혈도로 돌리면 된다고?"

"그, 그렇습니다."

인간이 아니었다.

아니, 인간이 아니어야 한다.

인간이라면 저래선 안 되니까, 하늘이 너무도 불공평했다.

무공을 모르는 인간이 내공을 느끼려면 못해도 1달의 시간이 필요했다. 소위 말하는 천재들이라도 하루 반나절은 필요할 것이다.

그런데 영웅은 하루도 아니었다.

그냥 호흡 한두 번에 느낀 것이다.

이쯤 되면 원래 무공을 알고 있는데 자신들을 농락하는 것이라고밖에 생각이 들지 않았다.

"저, 정말로 무공을 모르셨습니까?"

"응, 몰랐지. 내가 그걸 알아서 어디에다가 써."

영웅의 말에 세 사람은 공감했다. 딱히 무공이 없어도 무지막지하게 강한 인간이었기에.

"그런데 갑자기 무공에는 왜 흥미가 생기신 겁니까?"

대호의 물음에 영웅이 웃으며 말했다.

"재밌잖아, 이런 소소한 재미. 이런 걸 느끼고 싶었어."

소소한 재미란다.

남들이었으면 좋아서 방방 뛰고도 남을 성취를 이루고도 소소한 재미라니.

생각 자체가 달랐다.

"이번엔 더 길게 가 볼까? 아 참, 이걸 먹고 운기하면 내공이 파악 하고 늘어난다고 했지."

영웅은 고민도 없이 목갑을 열어 영약을 입 속에 털어 넣었다.

영약답게 입 안으로 들어가자마자 순식간에 녹아 버렸다.

그와 동시에 영웅이 운기를 시작했다.

"흐읍!"

물론 운기라고 해 봐야 숨을 들이마시는 게 전부였지만.

세 사람은 질린 얼굴로 고개를 흔들면서 자러 갔다. 볼수록 자괴감만 생기니, 그냥 자는 게 정신 건강에 이로울 것 같았다.

그들이 자러 간 사이에도 영웅의 숨 참기는 계속되었다.

숨 참기의 시간은 더욱 길어져서 두 시진(4시간)이 지나고 나서야 숨을 뱉었다. 또 그만큼의 시간이 지나서야 숨을 들이쉬었다. 그것을 며칠 동안 반복하고 있었다.

그러면서도 최대한 몸 구석구석으로 내공이라는 것을 돌리려고 집중했다.

며칠 동안 영웅이 나타나지 않자 걱정이 되었는지 여령이 찾아왔다.

대호는 그런 여령을 영웅이 현재 운기 중이라며 돌려보냈다.

그렇게 시간이 흐르고, 영웅이 드디어 눈을 떴다.

정말 재미난 경험이었다. 배 속에 무언가가 가득한 기분이 너무 좋았다. 또 그 기운이 영웅의 온몸을 돌면서 몸 전체를 개운하게 해 주고 있었다.

"하하, 개운하네. 이래서 사람들이 운동을 하는 거군. 그런데 내공이라는 것이 얼마나 생겼는지는 어떻게 알지?"

영웅은 고개를 갸웃거렸다. 단전이라는 곳에 신기한 기운이 가득 차긴 했는데, 이것이 몇 년짜리 공력인지 알 길이 없었다.

때마침 대호가 문을 열고 들어왔다.

"어? 눈을 뜨셨습니까?"

대호의 말에 영웅이 고개를 끄덕이며 말했다.

"응, 생각보다 재밌어서 시간 가는 줄 모르고 계속했네. 얼마나 지났지?"

"일주일이 지났습니다."

"헉! 그렇게 오래? 와, 이거 중독성 장난 아니네."

"공력이 얼마나 생기셨습니까?"

"그걸 어떻게 아는 거야? 아는 방법이 있어?"

영웅의 물음에 대호가 말했다.

"단전에 차 있는 공력이 몇 겹이십니까?"

대호의 말에 영웅이 잠시 눈을 감고 단전을 살폈다.

"두 겹?"

"네? 겨우요? 아니…… 겨우 그거 얻으려고 일주일을 운기하셨습니까? 심지어 화령단으로 흡수할 수 있는 최대치도 아닌데……? 그럴 리가 없는데?"

"왜, 두 겹이 왜?"

"한 겹이 10년입니다. 두 겹이면 20년이고요. 경지가 오를수록 촘촘하게 내력이 쌓여 갑니다."

"그래? 우와, 그럼 나 20년 내공이 생긴 건가? 하하하, 나도 내공이라는 것이 생겼다!"

"아, 아니 그게 아니고……."

신나서 크게 외치는 영웅이었다. 그 모습에 오히려 대호가 더 당황했다. 저렇게 좋아할 만한 공력이 아니었으니까.

3장

영웅이 신나서 외친 소리는 밖에 있는 사람들에게까지 전해졌다.

그것을 들은 주위 경비 무사들이 고개를 절레절레 흔들었다.

"쯧쯧, 아니 얼마나 재능이 없으면 겨우 20년 가지고 저 난리를 치는 건지."

"그러게 말일세. 불쌍하구먼."

"쯧쯧, 그러니까 무능공자라고 불렸겠지. 에휴, 자기 아버지는 천검제이고 외조부는 패왕도라 불리는 절세고수인데 둘의 재능을 조금도 못 받았다는 거잖아."

"나도 자네 말에 동감하네. 안타깝군."

그러거나 말거나 영웅은 신이 났다. 정말로 게임을 하는 기분이어서 즐거웠다.

언제 이런 경험을 해 본단 말인가.

영웅은 행복했다.

"당장 내공이라는 것을 써 보고 싶은데 그러려면 무공을 익혀야겠지? 속성으로 빨리 익힐 수 있는 게 뭐가 있을까?"

초롱초롱한 눈으로 물어 오는 영웅을 보며 대호가 한숨을 쉬며 말했다.

"육합권(六合拳)이라고, 저자에서 누구나 익히는 무공이 있습니다. 그거라도 익혀서 실험해 보시겠습니까?"

"오오! 그래, 좋아! 어서 알려 줘."

대호는 자신이 아는 육합권의 초식을 보여 줬다. 천천히 영웅이 이해할 수 있도록 말이다.

잠시 후, 모든 시연이 끝난 대호가 다시 자세를 잡으며 말했다.

"대충 이런 식입니다. 자, 다시 한번 보여 드리겠습니다."

대호는 영웅이 익히기 쉽게 다시 하려 했다.

"아냐, 안 해도 돼."

영웅의 말에 대호는 역시 육합권같이 평범한 건 성에 차지 않을 것이라 생각해서 고개를 끄덕였다.

자신 같아도 배울 맘이 들지 않았을 것이다.

"역시 육합권 같은 싸구려 무공은⋯⋯."

"다 익혔어."

그런데 영웅의 입에서 나온 말은 그게 아니었다.

"네? 뭐를요?"

"방금 보여 준 거, 육합권? 그거."

"이걸 한 번 보고 익혔다고요, 진짜요?"

아무리 저자에서 개나 소나 다 익히는 무공이라고 하지만, 단 한 번에 익힐 정도로 쉬운 동작은 아니었다.

"응, 근데 여기서 해도 되나? 무려 20년 내공이 있는데 이 주변 다 날아가면 어떡해."

걱정도 팔자였다.

20년 내공으로는 이 주변이 아니라 밖에 있는 작은 바위를 산산조각 내기도 힘들다.

하지만 그 공력을 지닌 자가 영웅이라면 이야기가 달랐다.

대호가 침을 꿀꺽 삼기며 말했다.

"그럼 어디 한적한 곳이라도 가서 시험하시겠습니까?"

"응, 가자!"

영웅은 대호에게 어서 준비하라고 재촉하고 밖으로 나섰다.

대호는 잠시 다녀오겠다며 경비 무사들에게 말하고, 영웅을 데리고 밖으로 나왔다.

그런 그들을 바라보는 경비 무사들의 표정엔 비웃음이 가득했다.

"참 나, 겨우 20년 내공으로 뭘 한다고 저렇게 멀리 가는 거야?"

"크크크. 내버려 둬. 나름대로 자기 무공이라고 감추고 싶은 모양이지."

"근데 아까 따라가던 놈들 긴장한 거 봤어? 그걸 또 긴장하면서 따라가고 있더라고."

"하하하, 재밌는 사람들이구먼."

영웅은 대호와 일호, 이호를 데리고 한적한 곳으로 이동했다.

주변에 사람이 없는 것을 확인한 영웅은 기대 가득한 표정으로 주먹에 내공을 모아 내질렀다.

그 모습을 보며 대호는 곧 실망할 영웅을 어찌 달래야 하나 고민했다.

육합권과 20년 공력으로는 저 앞에 있는 바위 하나 박살내지 못할 것이 뻔했기 때문이다.

그래도 영웅이라면 혹시나 하는 마음으로 바라보았다.

쿠콰콰콰쾅-! 후두두둑-!

혹시나 했더니 역시나로 바뀌는 순간이었다. 눈앞에 있는 바위뿐 아니라 뒤에 있던 거대한 바위까지 산산조각이 나며 바위 파편들이 우박처럼 하늘에서 쏟아져 내렸다.

"허어억! 마, 말도 안 돼!"

"저, 저게 가능해? 20년 공력으로?"

말도 안 되는 광경에 대호를 비롯한 일호와 이호가 경악을 금치 못하는 표정으로 그것을 바라보았다.

나름대로 마음의 준비를 하고 보아도 놀라운 것은 마찬가지였다.

"에이, 약하네. 이게 뭐야."

약하다니? 약하다니!

어딜 봐서 저게 약하단 말인가?

절정 경지에 있는 자신들도 저 거대한 바위를 산산조각 내려면 온 힘을 기울여야 한다.

그런데 큰 힘을 들인 것도 아니고 겨우 20년 내공으로 아주 박살을 내 놓고 약하다며 투덜거리고 있었다.

세상은 불공평하다.

살면서 그것을 절실하게 깨달았다.

그런데 지금 보니 자신들이 그동안 알고 있던 불공평은 불공평도 아니었다.

진정한 사기가 눈앞에 있었다.

"그래도 내 정체 숨기면서 다니기엔 적당한 위력이네, 그렇지?"

영웅이 해맑게 웃으며 말하자 또 잊고 있었던 영웅의 진짜 능력이 기억났다.

지금 위력을 영웅의 진짜 능력이라고 착각하고 공격하는 자들은 그의 진짜 모습에 지옥을 경험할 것이다.

"이걸로 약한 척하면서 강한 척하는 것들 꼬드겨 볼까?"

소름이 돋았다.

저 악마는 지금 자신이 얼마나 무서운 소리를 했는지 알기는 할까?

자신들도 영웅의 진짜 힘을 몰랐다면, 지금 모습에 해볼 만하다고 생각했을지 모른다.

그리고 그 후엔…….

저 악마에게 잡혀서 지금과 똑같은 꼴이 되었겠지.

"그럼 이곳에서 생활하기 편하게 애들 좀 모아 볼까? 세력을 만들어 버려?"

영웅이 한다고 하면 이루어질 것이다. 누가 반항을 하겠는가.

"에이, 귀찮다. 아직까지 불편한 것도 없는데."

그러면서 대호를 바라보았다.

"얘들만으로도 충분하지, 안 그래?"

영웅의 말에 잠시 대답을 못 하고 머뭇거렸다.

"어라? 대답을 안 해? 약발이 떨어졌나?"

뚜둑-!

영웅이 손을 풀기 시작했다.

그 모습에 셋은 다급하게 손을 내저으며 대답했다.

"아, 아닙니다! 너, 너무 행복한 나머지 잠시 말을 잃었습니다. 저, 정말입니다!"

"마, 맞습니다! 지, 진정한 주인을 만난 기쁨에 그만…….."

"저, 저 역시 마찬가지입니다! 주군!"

이제 영웅을 주군이라고 부르고 있었다.

자신들이 생각하기에 현 무림에서 영웅을 이길 자는 존재하지 않았다.

천하무적, 아니 고금무적을 넘어서 앞으로 다시는 나오지 않을 절대무적이었다.

이왕 이렇게 된 거 영웅에게 자신들의 운명을 걸어 보기로 마음먹었다.

영웅은 그런 그들의 반응을 아주 당연하게 받아들였다. 어차피 잘 알지도 못하는 이곳에서 생활하려면 수발을 들 사람들이 필요했으니까.

"그래? 난 또 오해할 뻔했잖아. 앞으로 즉각 대답해 줘, 알았지?"

"네, 알겠습니다!"

셋의 우렁찬 대답에 영웅이 만족스러운 미소를 지으며 말했다.

"대충 위력도 확인했으니 돌아가자."

"네, 제가 안내하겠습니다!"

✦

영웅이 연가에 온 지도 벌써 이 주일이 지나고 있었다. 그 사이 영웅은 대호를 통해서 자신이 찾는 자들의 정보를 모으고 있었다.

영웅이 말한 조건에 부합되는 세 명을 찾아온 대호가 보고했다.

"주군께서 명하신 조건대로 조사해 본 결과, 그것에 부합되는 세 명이 있습니다."

"그렇지? 그래도 생각보다 일찍 알아 왔네?"

영웅의 칭찬에 대호가 머리를 긁적이며 말했다.

"다 주군께서 돈을 넉넉히 주셔서 가능했지요. 그만큼의 황금이면 못 알아낼 정보가 없습니다."

영웅은 대호에게 황금을 왕창 꺼내서 주었다.

물론 대호 입장에서나 왕창이었지, 영웅은 이 정도는 줘야 하지 않을까 하고 준 것이다.

영웅이 준 황금은 이곳의 돈으로 대략 금 1천 냥에 해당하는 거금이었다.

그런 돈을 아무렇지도 않게 주는 영웅의 배포에 감탄하면서도, 도대체 저 많은 돈이 어디서 나오는지 궁금했다.

"어서 말해 봐."

"네, 말씀하신 그 세 명은 모두 십이지왕이라 불리는 절세의 무인들입니다. 거기에 공통점이라고 하면 특이한 기술을 사용한다는 것입니다."

"특이한 기술을 쓴다고?"

"네. 한 명이 붉은 탄지공을 사용하는데, 그것이 지나간 곳은 순식간에 녹아내린다고 합니다."

염동력이 주특기인 사람 같았다. 말하는 내용이 염동 에너지 같았으니까.

"또 다른 사람은 무공을 사용했는데 그 기술이 특이하다고 합니다."

"특이하다고?"

"처음 보는 무술인데 태권도(跆拳道)라는 무공으로, 주로 각법을 사용한다고 합니다. 발 차기가 어찌나 뛰어난지 버티는 사람이 없다고 합니다. 나머지 한 명은 무슨 이상한 주술을 사용하는 이입니다. 부적은 보이지 않는데 온갖 이상한 술법을 다 사용한다고 합니다."

"그래? 그 사람들의 또 다른 특징은?"

"또 다른 특징은 중원 사람 같지 않다는 것입니다. 세 명 전부 어느 날 갑자기 중원 말을 알아듣지 못했고, 주군처럼 그간의 기억이 없다고 합니다."

찾았다.

모든 정황이 연준혁이 보낸 각성자의 특징과 부합하고 있었다. 거기다가 태권도라니, 저건 확실한 증거였다.

　　유명하기까지 하니 찾는 건 금방일 것 같았다.

　　"하하, 금방 찾겠군. 고생했다. 그들이 어디에 있는지도 찾았지?"

　　"그, 그게, 두 명이 어느 날 갑자기 자취를 감추어서……."

　　"뭐, 뭔 소리야? 그럼 어디에 있는지 모른다는 거야?"

　　"그, 그렇습니다. 은거한 것인지, 어느 날 갑자기 모습을 감추었습니다."

　　"이유는? 이유는 모르고? 모습이 사라지기 전에 전조라든가, 이유가 있었을 거 아냐."

　　"거, 거기까진 조사를 못 했습니다."

　　"자세히 알아봐. 그럼 한 명은 어디에 있는지 알고 있다는 거네?"

　　"네, 처음에 말씀드린 사람은 어디에 있는지 알고 있습니다."

　　"어디에 있어? 현재 중원에서 그들을 뭐라 부르는데?"

　　"붉은 탄지공을 쓰는 자는 적염지왕(赤炎指王)이라 불리고 있고, 각법을 쓰는 자는 태권각왕(跆拳脚王)이라 불리고 있습니다. 마지막으로 이상한 술법을 쓰는 자는 환영마왕(幻影魔王)로 불립니다."

　　영웅이 인상을 찡그렸다. 의외로 쉽게 찾았기에 곧바로 데리고 돌아갈 수 있을 줄 알았는데 그게 아니었다.

한 명도 아니고 둘이나 모습을 감췄다니.

일단 아직 남아 있는 적염지왕이라 불리는 사람을 찾기로
했다.

"적염지왕을 만나러 가야겠군. 그러자면 일단 이곳을 벗
어나야 하는데……."

영웅이 이곳에서 벗어날 방법은 하나였다. 그의 외조부가
준 묵룡파천신공을 극성으로 익히는 것.

"결국 익히는 수밖에 없는 건가? 에휴. 일단 익혀 보기나
하자."

그냥 무시하고 가고 싶었지만, 마음이 시키지 않았다.

영웅은 그냥 흘러가는 대로 따르기로 했다.

폐관수련을 하겠다고 하고 수련장에 들어간 지 1달 후 영
웅이 모습을 드러냈다.

이렇게 빨리 나올 것이라고는 생각을 못 했는지 마중 나와
있는 사람은 단 한 명도 보이지 않았다.

원래 1년의 폐관을 얘기하고 들어간 것이기에 그런 것이
다.

영웅이 이렇게 빨리 끝내고 나온 이유는 다른 것이 아니었

다. 전부 익혔기 때문이다.

묵룡대제 이후에 단 한 명도 극성까지 익힌 자가 없다는 무공을 말이다.

"생각보다 재미난 경험이었어."

사실 영웅은 폐관실에만 있지 않았다.

가끔 현실로 가서 밥도 먹고 친구들도 만나고 집에 가서 잠도 자고 그랬다.

영웅이 빠져나와 현실에 다녀온 이유는 폐관실에 비치된 음식 때문이었다.

폐관실은 1달 주기로 구멍을 통해서 벽곡단이 제공되는데, 벽곡단은 정말 아니었다. 사실 말이 좋아 벽곡단이지, 그냥 보릿가루 뭉친 거였다.

물이야 폐관수련실 벽에서 흘러나오는 것을 약수터처럼 꾸며 놓았기에 상관없었지만, 음식은 진짜 아니었다.

수련하는 사람에게 고기도 아니고 단백질도 아니고 보릿가루라니.

결국, 말이 폐관수련이지 실상은 전혀 아니었다.

실제 훈련한 시간도 그리 길지 않았다. 처음 책을 훑어보았을 때 이미 대부분 익혔다고 보면 되었다.

한 번 본 걸 자기 것으로 만드는 영웅의 능력 덕분이었다.

"흠, 어쩐다. 이대로 가? 아니면……."

영웅은 폐관실과 산을 번갈아 가며 바라보았다.

이대로 그냥 가면 나중에 잘 있나 확인하러 온 자가 없는 것을 확인하고 난리를 피울 게 뻔했다.

곰곰이 생각하던 영웅은 손뼉을 치며 중얼거렸다.

"벽곡단을 가져다주러 올 때만 잠깐 와서 있는 척하지, 뭐."

순간 이동으로 잠깐 왔다가 가면 될 일이었다. 어차피 벽곡단을 가져다주는 날은 정해져 있으니까.

"그래, 결정했다. 가자, 무림으로!"

그렇게 마음을 다잡고 걸음을 옮기려는데, 뒤에서 인기척이 들려왔다.

"주군, 어디를 가시옵니까?"

"응?"

황급히 뒤를 돌아보니 웬 수풀 같은 곳에서 대호가 기어 나왔다. 자세히 보니 움막이었다.

어떻게 그곳에 사람이 있는지 몰랐냐고 묻는다면 그건 영웅이 진정한 강자이기 때문이었다.

그 무엇으로도 자신을 해할 수 없는데 왜 경계를 한단 말인가.

그렇게 피곤한 삶은 살아 본 적 없는 영웅이었다.

항시 주변을 파악하는 것은 약자들이나 하는 행동이었다.

누군가가 살금살금 다가와 기습한다 해도 영웅은 웃으며 받아 줄 수 있었다.

삶에 있어서 그런 자극은 정말 즐거운 일이었으니까.

아무튼 대호의 출현에 영웅이 눈을 동그랗게 뜨며 물었다.

"네가 왜 거기서 나와?"

영웅의 물음에 대호가 뒷머리를 긁적이며 쑥스러운 표정으로 말했다.

"주, 주군께서 폐관에 드셨는데 수하로서 어찌 편히 쉬겠습니까? 이곳에서 수련장을 지키며 주군을 기다리고 있었습니다."

"1달이나?"

"네…… 그렇습니다."

"앞으로 11달을 계속 있으려고 했다고?"

"그것이 소신이 해야 할 일이라 생각했습니다."

"허어."

예상외로 충성심이 강한 녀석이었다.

영웅이 살짝 감동했다.

그때 저 멀리서 사냥한 고기를 들고 달려오는 두 명이 보였다.

일호와 이호였다.

"주, 주군! 버, 벌써 나오셨습니까?"

"너희도 여기서 같이 지키고 있었냐?"

"네, 저희가 있어야 할 곳은 주군의 곁입니다!"

잠시 멍한 표정을 지어 보이던 영웅의 입가에 미소가 맺히기 시작했다.

"이제부터 중원으로 나갈 건데 같이 갈 거지?"

"서, 설마 다 익히신 건?"

"응, 극성까지 다 익혔어."

"대, 대단하십니다! 소신, 주군을 따라 지옥까지라도 가겠습니다!"

"지옥까지 갈 필요는 없으니 가자."

"충!"

그렇게 예상 못 한 일행과 중원으로 발걸음을 옮기는 영웅이었다.

보글보글-!

장작 위에 놓인 냄비 속에서 무언가가 끓고 있었다.

그것을 침을 흘리며 바라보는 네 명의 남자들.

영웅과 대호, 일호, 이호였다.

지금 냄비에서 끓고 있는 것은 부대찌개였다.

왜 뜬금없이 이곳에서 부대찌개가 끓고 있냐고?

바로 영웅 때문이었다.

처음 무림에서 가장 해 보고 싶었던 것은 바로 노숙이었다.

깊은 산속에서 모닥불에 멧돼지나 토끼, 산새를 잡아 구워 먹는 걸 해 보고 싶었다.

드디어 바라던 것을 했지만, 환상은 순식간에 깨졌다.

노린내가 엄청나게 났다. 그 탓에 영웅은 한 점도 못 먹고 쫄쫄 굶었다.

여기에 와서 알게 된 사실인데 영웅의 입맛은 애들 입맛이 었다.

그래서 길을 떠나기 전, 또다시 노숙할 때를 대비해 현실로 돌아가 현실세상의 음식을 잔뜩 가져왔다.

오랫동안 보관할 수 있는 식품들로만 챙겨 온 것이다. 그중 하나가 이것이었다.

스팸과 참치 그리고 김치 캔을 쏟아붓고 팔팔 끓인다.

물론 마법의 가루인 라면 수프도 들어갔다.

이런 것들을 넣고 있을 때 세 명은 연신 신기한 듯 캔과 라면 봉지를 바라봤다.

처음 보는 재질의 라면 봉지와, 철을 이용해 이렇게 음식을 밀봉한 것을 보며 감탄했다.

또 이런 신기한 것들을 허공에서 짠 하고 꺼내 오는 것도 놀랍고, 아무튼 인간으로 보이지 않았다.

처음에는 경악했지만, 이제는 그러지 않았다.

그들의 눈에 이미 영웅은 신이었다.

신은 전지전능하다. 그러니 영웅이 무엇을 하든 이제 그러려니 하고 넘어갔다.

그렇게 영웅 모르게 이들의 신앙심이 깊어 가고 있었다.

잠시 후 맛있는 냄새가 사방팔방으로 퍼져 나갔고, 그 냄새를 맡으며 네 사람은 냄비를 뚫어지게 쳐다보았다.

"이, 이제 먹어도 되는 거 아닙니까?"

대호가 묻자 영웅이 조심스럽게 수저로 국물을 떠먹었다.

호로록–!

"크으으으! 이거다, 이거야!"

영웅은 감동스러운 얼굴로 엄지를 내밀었다. 그리고 침을 흘리는 세 사람의 그릇을 빼앗아 국자로 잔뜩 퍼 주었다.

"감사합니다."

"가, 감사합니다!"

따끈한 그릇을 받아 들고 맛을 보려는 그때, 소리가 들려왔다.

까드득–! 꼴꼴꼴–!

영웅이 소주를 까서 자신이 가져온 잔에 따르는 소리였다.

세 사람의 시선 역시 거기에 꽂혔다.

"그, 그건 뭡니까? 주, 주향이 나는데요? 수, 술입니까?"

"그렇지, 잘 아네. 크크, 술이지. 자, 한잔해!"

"오오! 감사합니다!"

"자! 먹자!"

"잘 먹겠습니다!"
"잘 먹겠습니다!"
호로록– 후루룩–!
"커허헉!"
"허억! 이, 이럴 수가!"
다들 놀란 눈으로 연신 그릇을 바라보았다.
"왜, 맛이 없어?"
영웅이 놀라서 물었다.
"아, 아닙니다! 이렇게 맛있을 거라곤 상상을 못 해서……. 정말 맛있습니다!"
"네, 진짜 감탄이 절로 나오네요. 매콤한 것이 아주 끝내줍니다!"
"그러냐? 자, 술 한잔에 같이 먹어 봐."
그리 말하고 영웅이 단숨에 잔 속의 술을 입으로 털어 넣었다.
"크으으!"
저절로 나오는 소리와 함께 부대찌개의 건더기를 수저 가득 퍼서 입안으로 욱여넣는 영웅.
후루룩– 으적으적– 쩝쩝–.
어찌나 맛있게 먹는지, 그것을 지켜보던 세 사람은 자신도 모르게 침을 삼켰다.
더 참지 못하겠는지, 세 사람은 영웅과 똑같은 방법으로

먹기 시작했다.

"크아아아!"

"으어, 좋다!"

"오오오!"

자신들도 모르게 땀을 흘리고 감탄사를 뱉으며 정신없이 먹는 일행.

부스럭.

조금 전에 라면 수프만 넣고 남은 라면이 영웅의 손에 들렸다.

영웅은 미소를 지으며 라면을 부대찌개 안으로 넣었다.

보글보글-!

보글보글 끓는 국물 위에 떨어진 면발이 서서히 풀어지기 시작했다.

이윽고 꼬들꼬들하게 퍼진 면을 영웅이 젓가락으로 들어 올렸다.

후우후우- 후루루룩- 오물오물-!

입 안 가득 면을 집어넣은 영웅은 눈을 동그랗게 뜨며 어서 먹어 보라고 손짓했다.

손짓이 끝나기 무섭게 젓가락 세 쌍이 면발을 차지하기 위해 맹렬하게 돌진했다.

후루루룩-!

후우-! 후우-! 후루루룩-!

"읍읍읍!"

면을 입 안 가득히 넣고 다들 눈을 동그랗게 뜨며 연신 고개를 끄덕였다.

다들 맛있게 먹는 모습을 보니 자신도 모르게 뿌듯해지는 영웅이었다.

잠시 후, 순식간에 바닥을 드러낸 냄비를 보며 네 사람은 배를 두드렸다.

"정말 맛있었습니다."

"감사합니다, 이렇게 맛있는 음식을 먹게 해 주셔서."

"나중에 도시에 나가게 되면 제가 대접하겠습니다."

다들 만족했는지 입가에 미소가 가득했다.

영웅은 그러라며 고개를 끄덕였다.

남은 소주를 나눠 마시며 주제를 전환하는 영웅이었다.

"아까 말하던 적염지왕에 대해 계속 말해 봐."

"제가 어디까지 말했었죠?"

"가난한 가문의 차남인데 강해지기 위해 수련을 떠났고, 강해지긴 했는데 처음 듣는 말투를 쓰며 다르게 행동했다고."

"아, 맞습니다. 그 후로 가족들이 그를 찾았고, 온갖 정성을 들여 겨우겨우 말이 통하게 됐지요. 그러던 어느 날 매파가 찾아옵니다."

"매파? 중매쟁이를 말하는 건가?"

"네, 맞습니다. 등천문(登天門)에서 사람을 보낸 것입니다.

그를 원한다고요."

"그렇지. 지금 우리가 향하는 곳이잖아. 그런데 그곳은 세력이 강한가?"

영웅의 말에 대호가 고개를 끄덕였다.

"강호 삼대세력 중 하나입니다. 천무성, 등천문, 무림맹. 이렇게 해서 삼대세력이지요."

"무림맹은 들어 봤다. 구파일방은 거기에 속해 있겠네?"

"맞습니다! 하하. 세력이 약해진 구파일방이 천무성이나 등천문에 저항하기 위해 만든 것이 무림맹이지요."

영웅은 이해한다는 표정으로 고개를 끄덕였다.

"그래서? 등천문으로 장가를 갔어?"

"처음에는 격렬하게 저항을 하더랍니다. 자신은 절대 그곳으로 가지 않겠다고. 해야 할 일이 있다나, 뭔가를 찾아야 한다나?"

화이트 월홀을 찾아야 한다는 소리였을 것이다.

"암튼 그렇게 격렬하게 저항을 하는데도 등천문에서는 그가 마음에 들었던 모양입니다. 결국, 등천문의 여식이 직접 나섰습니다."

"오호. 그래서?"

생각지도 않았는데 이야기가 흥미진진하게 펼쳐졌다.

"등천문에서 온 여식은 무림사화 중 한 명이었습니다. 천화(天花) 손선영. 그것이 그녀의 이름입니다."

드디어 나왔다. 영웅은 눈을 반짝이며 집중했다.

"그래서, 그녀가 설득했어? 어찌 설득했지?"

영웅의 물음에 대호가 웃으며 말했다.

"설득 안 했습니다."

"응? 무슨 소리야?"

"말 그대로입니다. 설득할 필요가 없었습니다. 적염지왕이 그녀를 보고 한눈에 반해 버렸거든요."

"……."

그 순간 영웅은 연준혁이 줬던 파일 속 내용을 기억해 냈다.

그 파일에는 분명히 그렇게 적혀 있었다.

[모태솔로]

"크흑!"

자신도 모르게 안타까운 마음을 밖으로 표출한 영웅이었다.

"왜 그러십니까?"

"아니야. 적염지왕이 왜 그랬는지 이해가 돼서."

"하하하! 역시 주군께서도 남자가 맞으시군요. 맞습니다. 그녀를 실제로 본다면 안 넘어갈 남자가 없지요."

대호가 웃으며 말하자 영웅이 고개를 갸웃거리며 물었다.

"그 정도야? 직접 봤어?"

영웅의 말에 대호가 뒷머리를 긁적이며 말했다.

"사실 무림사화는 유명합니다. 저도 발품 팔아서 무림사화를 전부 구경했습죠."

대호는 쑥스러운지 얼굴까지 빨개졌다.

그 모습에 영웅이 피식 웃었다.

"너도 모태솔로냐?"

영웅의 입에서 나온 말에 다들 고개를 갸우뚱하며 물었다.

"그게 뭡니까?"

"모태솔로?"

"아냐, 아냐. 그냥 혼잣말이었다. 계속해 봐."

"네, 주군!"

대호는 무림사화를 생각하는지 연신 행복한 미소를 지으며 이야기를 계속 이어 나갔다.

"적염지왕은 그녀를 따라 등천문으로 갔습니다. 그리고 그곳에서도 능력을 인정받았고, 결국 십이지왕의 자리까지 올라갔습니다."

적염지왕, 현실세계에서 그의 이름은 이태준이었다.

등급은 SS급.

현실세계에서도 그 수가 50명이 넘지 않는 등급이었고, 그만큼 강한 사람이었다.

영웅은 고개를 끄덕였다.

등천문에 들어간 뒤에 더 강해졌다고 하는 것을 보니, 그곳에서 무언가 깨달음을 얻어 랭크가 올라간 듯싶었다.

어떻게 보면 행운이었다. 이곳에서 그토록 바라던 부인도 얻었고, 힘도 얻었으니.

그런데 과연 그가 현실세계로 다시 돌아가려 할까?

영웅의 생각엔 그러지 않을 것 같았다. 이곳에 남아 있으려 하겠지.

돌아간다면 이곳으로 언제든지 올 수 있다는 조건을 걸어야 할 것이다.

'그 신전 같은 곳을 접수해야 하나?'

어떤 단체인지 모르겠지만 일단은 말로 설득해 보고 정 안 되면 접수해야겠다고 마음먹었다.

그곳에 있는 화이트홀은 영웅 자신에게도 중요했기 때문이다.

영웅의 표정이 심각해지자 대호가 말을 멈췄다.

잠시간 정적이 흐르고, 영웅이 고개를 들어 그들을 바라보았다.

"응? 왜들 그러고 있어?"

다들 입을 손으로 막고 눈만 끔벅거리고 있었다.

"주, 주군께서 깊은 생각에 잠기신 듯하여 혹여나 숨소리라도 들릴까 싶어 그랬습니다."

별것도 아닌 행동이었지만 영웅에게 감동을 안겨 주었다.

영웅은 애정이 가득한 얼굴로 세 사람을 바라보았다. 그리고 그들의 머리에 손을 대었다.

슈아악-!

"으허엉!"

야릇한 소리와 함께 그들이 몸부림쳤다.

"좋아하긴, 자식들. 제약은 해지되었다. 이제 나를 배신하겠다고 생각해도 고통이 찾아오지 않을 거다."

영웅의 말에 세 사람은 놀란 눈으로 영웅을 바라보았다.

"저, 정말입니까? 저희가 거짓을 말하고 도망이라도 치면 어쩌시려고."

"그럼 뭐 어쩔 수 없지. 내 인덕이 거기까진 거지. 안 그래?"

그리 말하고 씨익 웃는 영웅이었다.

사실 가도 상관은 없었다. 첫 번째 목표물이 어디 있는지 알아냈고, 나머지 둘도 별호가 무엇인지 알았기에 딱히 이들이 없어도 상관없었다.

하지만 세 사람은 그렇게 생각하지 않았다.

자신들을 믿는다고 생각한 것이다. 그들이 감격한 표정으로 부복하며 외쳤다.

"이제부터 소신들은 주군을 위해 견마지로를 다할 것입니다!"

비장한 표정으로 자신을 바라보며 외치는 세 사람을 보

며, 영웅은 정말로 무협지 속 주인공이 된 것 같은 착각이
들었다.

재미있었다.

제대로 즐겨 보자는 생각이 든 영웅은 그들을 일으켜 세우
며 영화 속에서 보던 무림인들 흉내를 내었다.

"그래, 앞으로 잘 부탁한다!"

"충!"

자꾸 이야기가 다른 곳으로 샜지만, 영웅은 신경 쓰지 않
았다.

어차피 밤은 길고 가야 할 길도 한참 남았으니, 천천히 알
아 가면 되었으니까.

"그럼 등천문에는 삼제이군십이지왕 중 둘이 있는 거네?
무림에서 가장 강한 세력이 된 거 아냐?"

"천무성도 있지만 천무성주가 사라진 현시점에선 그렇습
니다."

"한 문파에 절세고수의 칭호를 가진 자가 둘이나 되는데
문제가 없어? 보통 그러잖아. 산 하나에 두 마리의 호랑이는
필요 없다고."

"아, 적염지왕은 유명한 애처가입니다. 부인 말이라면 쩔
쩔맵니다. 그러니 자연스럽게 서열이 정해져 있지요."

영웅은 대충 알겠다는 표정으로 고개를 끄덕였다.

이후의 이야기는 직접 만나 보면 알 일이니 더는 신경을

쓰지 않기로 했다.

—

천무성 성주실에서 성주 대리인 천왕검 초무정이 자신 앞에 놓인 보고서를 보며 인상을 찡그리고 있었다.

"결국 패도연가에 그 아이가 도착했다는 소리군."

"그렇습니다. 다행히 아직까지 패도연가에선 별다른 움직임이 없습니다."

앞에서 이야기하는 남자는 천무성의 군사 유염이었다.

"그렇겠지. 그래도 항시 주시하도록, 무언가를 꾸미고 있을지도 모른다."

"알겠습니다."

"백군명을 쫓던 놈들은 모두 행방불명이라고? 그 아이의 뒤에 누군가가 있다는 소린가?"

"소신의 생각으로는 그런 것이 아닐까 하옵니다. 그러지 않고서야 저리 무사히 패도연가까지 갈 수 없다고 생각합니다."

"하긴, 그 녀석에게 붙여 준 호위라고는 일류 무사 몇 명이 전부였으니까. 그렇다면 패도연가에서 그 녀석에게 사람을 붙였다는 소리겠군."

"소신이 생각하기에도 그렇습니다."

"크크, 겨우 일류 무사를 붙여 줬는데도 좋아서 나에게 연신 감사 인사를 하던 멍청이가 운도 좋군. 그보다 백가 놈들 비고가 있는 장보도는 그놈이 가져간 것이 확실한가?"

대장로의 물음에 군사가 고개를 조아리며 말했다.

"성 어디에도 보이지 않는 걸 보아 성주가 쓰러지기 전에 백군명에게 넘긴 것으로 보입니다."

"그 멍청이는 그것이 자기 가문의 비고의 위치를 알려 주는 장보도인지도 모르겠지?"

"아마도 그럴 확률이 매우 높다고 생각합니다."

군사의 말에 대장로가 잠시 생각에 잠겼다. 그러다가 넌지시 물었다.

"그놈에게서 그것을 뺏어 올 방법이 없는가?"

"소문을 퍼트리는 것이 어떻겠습니까?"

"소문? 무슨 소문?"

"무능공자가 엄청난 황금이 묻혀 있는 장보도를 숨기고 있다고 말입니다. 사람들의 욕심을 이용하는 것이지요."

"그게 먹히겠나? 그놈이 있는 패도연가가 작은 문파도 아니고, 나와 같은 십이지왕 중 한 명이 버티고 있는 곳일세."

"그러니 계책을 짜내야지요. 소신이 한번 짜 보겠습니다."

"음……."

대장로는 잠시 고민하는 듯하더니 이내 고개를 들어 허락했다.

"자네가 알아서 하게. 이 일은 전부 자네에게 일임하겠네."

"알겠습니다! 소신이 최선을 다해 짜 보겠습니다."

"이 일이 잘되면 비고에 있는 보물의 일 할을 자네에게 주지."

"감사합니다. 소신이 완벽하게 계책을 짜서 반드시 뺏어 오겠습니다. 걱정하지 마십시오."

욕심 가득한 눈빛을 서로 주고받으며 환한 미소를 지어 보이는 두 사람이었다.

───◆───

절강성 항주.

중원에서 가장 아름답다는 서호가 있는 곳이며, 중원 전역에서 많은 이들이 여행을 오는 곳이기도 하다.

그곳에는 중원 삼대세력 중 한 곳인 등천문이 자리하고 있었다.

등천문의 창시자는 등천무제 손문이었고, 현재 등천문의 문주였다.

어느 날 가문의 창고를 정리하던 중 우연히 발견한 비급.

그것을 펼쳐 본 손문은 그 비급이 엄청난 절세신공이라는 것을 알게 되었다.

그 비급의 이름은 등천패왕공(登天霸王功).

손문은 가문의 모든 것을 동원해서 영약을 모았고, 그 영약을 바탕으로 절세신공을 극성까지 익혔다.

손문의 나이 22살 때의 일이었다.

그리고 그 무공은 손문에게 등천무제(登天武帝)라는 별호를 안겨 주었다.

강해진 손문은 자신의 무공을 바탕으로 자신의 일족에게 전수할 무공을 만들었고, 그것이 바로 등천명옥신공(登天明玉神功)이었다.

손문은 자신의 일족을 아낌없이 지원했고, 그 결과 빠른 속도로 강해지기 시작했다.

일족이 어느 정도 강해지자 손문은 문파를 창설했다.

그것이 바로 지금의 등천문이었다.

자신들의 손씨 가문 선조가 이루지 못했던 중원 통일을 무림 일통으로 이루기 위해 세운 문파였다.

하지만 언제나 그렇듯 세상일은 원하는 대로 이루어지지 않는다.

현재 중원은 세 등분으로 세력이 나뉜 상태.

그나마 과거 삼국시대와 달리 자신들의 세력이 가장 강하다는 것이 위안이었다.

일족으로는 부족함을 느낀 손문은 자신의 딸들을 무림의 강자들에게 시집보내기 시작했다.

그중의 한 명이 바로 적염지왕이었다.

"이곳인가? 어마어마하군."

영웅이 거대한 전각을 바라보며 감탄을 내뱉었다.

그렇게 잠시 감상하던 영웅은 대호에게 고갯짓을 했다.

무엇을 말하는 것인지 알아들은 대호가 재빨리 등천문의 정문 앞을 지키는 무사에게 다가갔다.

무사는 자신을 향해 걸어오는 대호를 보자 몸을 돌려 포권을 하며 물었다.

"이곳에 볼일이 있어서 오시는 길입니까?"

무사의 물음에 대호 역시 포권을 하며 답했다.

"네, 적염지왕 님을 뵙고자 왔습니다."

"아, 적염지왕 님 말씀이신가요? 그분과 선약이 되어 있으십니까?"

"아닙니다. 다만 그분을 알고 계시는 분께서 저희 주군이 되십니다."

대호의 말에 무사는 난감한 표정으로 답했다.

"죄송합니다. 선약이 되어 있거나 그분과 연관된 증표가 없으면 안내해 드릴 수 없습니다. 워낙에 이런 식으로 찾아오는 분들이 많아서요."

대호가 이해한다는 표정으로 고개를 끄덕였다. 그리고 뒤를 돌아 영웅을 바라보았다.

영웅은 무엇 때문에 자신을 바라보는지 알기에 입을 열었다.

"연준혁, 그렇게 전하시오. 그러면 알 것이오."

영웅의 말에 무사가 고개를 끄덕이고는 잠시 기다리라 말하고 안으로 들어갔다.

잠시 후, 나온 무사가 난처한 표정으로 말했다.

"죄송합니다. 적염지왕 님께서 지금 문에 계시지 않습니다."

"어디를 가셨는지 알 수 있을까요? 아니면, 언제쯤 오시는지라도."

대호의 말에 무사는 고개를 절레절레 흔들며 말했다.

"죄송합니다. 저 같은 말단이 알 수 있는 정보가 아닙니다."

대호도 잘 알기에 알았다고 하고 고개를 끄덕였다.

영웅은 뒤에서 허탈한 표정으로 서 있었다.

"거참, 언제 올지도 모르고…… 어쩐다."

"일단 근처에 있는 서호라도 구경하면서 기다림이 어떠신지요."

대호의 말에 영웅은 그러자며 고개를 끄덕였다.

⌁

"사위를 찾는 이가 있었다던데, 알고 있는가?"

"네, 보고받았습니다."

"어떤 자들인지 알아보았나?"

"지금 전방위로 알아보는 중입니다. 너무 걱정하지 마시지요. 3년이라는 시간이 지나도록 그분이 원하는 사람은 나타나지 않았습니다."

"그래도 이번에는 뭔가 느낌이 안 좋아."

삼제 중 한 명인 등천무제가 군사와 대화를 나누고 있었다.

그들이 나누는 대화의 주제는 바로 적염지왕을 찾아왔던 영웅에 관한 것이었다.

"적염지왕께서 기다리시는 분들이라면 복장이 특이했을 것입니다. 아니면, 말투가 어눌하든가요. 그분께서 그러시지 않았습니까. 혹시 복장이 이상하거나 말투가 이상한 사람이 자신을 찾거든 꼭 알려 달라고."

"아니란 말인가?"

"네. 들은 바로는 중원 말이 아주 유창했고, 옷도 평범한 무인들이 입는 옷이라고 합니다."

"흠, 내가 과민 반응을 한 것인가?"

"무엇이 그리 걱정이십니까?"

군사의 질문에 등천무제가 잠시 생각하더니 입을 열었다.

"자네도 알다시피 우리 사위가 좀 강한가. 지금도 강해지고 있고. 나는 말일세, 우리 사위가 미래에 천하제일인이 될 것이라 확신하고 있네."

"저도 그렇습니다."

"그런데 마음에 걸리는 것이 있단 말이지. 가끔가다가 무언가를 그리워하는 눈빛을 보일 때가 있어. 그 느낌이, 그 그리움을 채울 무언가가 나타나면 떠날 것처럼 보였단 말이지."

"아, 그러던 차에 자신을 찾는 이가 있다면 꼭 알려 달라고 신신당부를 하셨으니⋯⋯."

군사의 말에 등천무제가 고개를 끄덕였다.

"그래도 아가씨를 그토록 아끼고 사랑하는데 쉽게 떠나시겠습니까? 너무 과한 생각이십니다."

"그렇겠지? 나이를 먹으니 자꾸 불안만 느는 것 같군."

"정 불안하면 직접 만나서 대화를 해 보심이 어떠실지요. 그게 가장 확실하지 않겠습니까."

군사의 말에 등천무제가 혹하는 표정으로 바라보았다.

"그렇지. 그게 가장 확실하긴 한데, 음⋯⋯ 좋네! 내가 직접 만나 보겠네!"

"알겠습니다. 제가 수소문해서 데려오도록 하겠습니다."

━━◇━━

등천무제의 앞에 영웅이 심드렁한 표정으로 앉아 있었다.

그 모습에 등천무제의 얼굴에는 호기심이 가득했다.

자신이 누구인지를 밝혔음에도 저런 태도를 보이는 자는 처음이었다.

실력이 좋아서 저러는 것인지, 아니면 단순한 바보인지 천천히 알아 가 볼 생각이었다.

"자네는 내가 무섭지 않은가?"

등천무제의 말에 영웅이 웃으며 말했다.

"절 죽이실 겁니까?"

"아니, 내가 초대한 손님인데 자네를 왜 죽이나?"

"그런데 왜 두려워해야 합니까? 절 죽일 사람도 아닌데."

"그래도 나를 앞에 두고 그렇게 흥미 없는 표정으로 앉아 있으니, 조금 자존심이 상하는군."

"자존심 상하지 않으셔도 됩니다. 제가 이래 봬도 좀 강하거든요."

"하하하하하, 얼마나 강한지 정말 궁금하군."

등천무제가 크게 웃으며 영웅을 바라보았다.

이미 영웅의 몸 안에 있는 내공의 수위를 눈치챈 등천무제였다.

겨우 20년.

거기에 경지도 엄청 낮아 보이는데, 저런 배짱과 패기라니.

그런데 영웅의 저런 행동에도 이상하게 기분이 나쁘지 않

있다. 마치 당연한 것처럼 느껴졌다.

그런 기분이 너무도 신기한 등천무제였다.

'저 경지와 내공으로 저런 행동이라니, 머리가 특출 나게 좋은 것인가? 아니면, 또 다른 알지 못하는 재능이 있는 것인가? 오래간만에 재미난 후기지수가 나타났군.'

등천무제는 인재를 좋아했다.

인재라 생각되거나 미래가 기대되는 자에겐 아낌없이 지원하고 자신의 사람으로 만들기로 유명한 사람이 바로 그였다.

지금 등천무제의 눈에는 영웅이 그런 사람이었다.

"그래, 적염지왕을 찾아왔다고?"

"네, 그분에게 볼일이 있어서 찾았습니다."

"그 볼일이라는 것이 무엇인지 내가 알 수 있겠는가? 그와 나는 가족이니 들어도 될 것 같네만."

등천무제의 말에 영웅은 잠시 고민하더니 이내 고개를 끄덕였다.

"뭐, 말씀드려도 상관은 없겠네요. 누군가에게 부탁을 받았습니다. 그가 무사한지…… 그리고 데려올 수 있다면 다시 데려오라는 부탁을 말이죠."

영웅의 말에 등천무제의 표정이 순식간에 굳었다.

설마 했는데 정말로 사위가 말하던 사람이 등장한 것이다.

적염지왕은 항상 말했다.

자신을 찾아올 사람이 있다고, 언제가 될지는 모르겠지만 반드시 자신을 찾으러 올 것이라고.

처음에는 그것이 무슨 말인지 이해를 못 했다.

적염지왕의 가족들도 다 살아 있고, 자신의 딸이 첫 여인이라고 했으니 여자가 찾아올 일도 없었다.

하지만 가끔가다가 하늘을 보며 무언가를 그리워하는 그였다.

등천무제는 항상 그게 이상했다.

그 이상함이 점점 불안함으로 바뀌었다.

사위가 언젠가 훌쩍 떠날지도 모른다는 생각.

그래서 그는 결심했다.

사위에게는 미안하지만 그런 자가 정말로 찾아온다면 자신의 선에서 해결하기로.

때마침 적염지왕이 자리도 비운 상태였다.

등천무제는 영웅을 잠시 안타까운 표정으로 바라보았다.

'정말 오래간만에 맘에 드는 놈이었는데.'

비록 가진 내력과 경지가 낮아 보였지만, 저런 배짱을 가진 인물은 언젠가 크게 될 수 있는 인간이었다.

자신이 지금까지 살면서 본 인재 중에 가장 크게 될 인재로 보였다.

그래서 더욱더 안타까웠다.

혹시나 하는 마음에 제안해 보기로 했다.

"후우, 나는 자네가 마음에 드네. 어떤가, 내 밑에서 지내 볼 생각은 없는가? 내 자네를 아주 중하게 키울 것이네. 모든 지원을 아낌없이 줄 것이고, 원하는 것은 들어줄 수 있는 한도 내에서 다 들어주겠네."

파격적인 제안이었다.

등천무제의 말에 옆에 있던 무인들이 놀란 얼굴로 영웅을 바라보았다.

등천무제가 저리도 정성스럽게 대하는 자는 지금까지 딱 한 명, 적염지왕뿐이었다.

오늘 두 번째 인물이 나타난 것이다.

등천무제의 말에 영웅이 웃으며 말했다.

"저를 그리 봐 주시니 기분이 좋네요, 하하하. 하지만 저는 돌아가야 할 곳이 있고 해야 할 일이 있습니다. 그 제안은 죄송하지만 거절하겠습니다."

영웅은 말을 끝내고 고개를 숙였다.

그 모습에 등천무제의 표정은 더욱더 안타깝게 변했다.

천하의 인재를 자기 손으로 해쳐야 한다는 사실이 그를 아프게 했다.

하지만 어쩔 수 없었다.

자칫하다간 자신이 품고 있는 보물까지 놓칠 수 있었다.

두 마리 토끼를 쫓는 어리석은 짓은 하지 않는 등천무제였다.

등천무제의 기세가 적의로 변하자 영웅은 짜릿함을 느꼈다.

"찌릿찌릿하군요. 저를 적으로 간주하셨나 봅니다?"

영웅이 태연하게 말하자, 등천무제의 표정이 침울해졌다.

"정말로 대단하군, 나의 살기를 눈치채고도 그런 평온함이라니. 자네는 오늘 내 손에 죽네."

"그런가요? 흠, 그건 힘들 것 같은데요. 어쩌실래요, 저랑 내기하시겠습니까?"

영웅의 말에 등천무제의 살기가 가라앉았다.

흥미가 생긴 것이다.

"내기? 무슨 내기를 하려는 것이냐? 두뇌 싸움이라면 나는 하지 않는다."

단호한 등천무제의 말에 영웅이 웃으며 말했다.

"무슨, 무인이 그런 쓸데없는 짓을 왜 합니까? 당연히 무력 대결이죠."

"뭐? 하하하, 네놈이 가진 20년 내공으로 뭘 할 수 있단 말이냐?"

"20년이면 충분하죠. 어쩌실래요? 이 20년 내공의 위력을 경험하시겠습니까?"

"오냐! 그것이 가는 길의 마지막 소원이라면 들어주겠다.

나가자꾸나."

등천무제의 말에 영웅은 태연하게 일어나 등천무제를 따라나섰다.

그 모습을 보는 다른 무인들은 그저 영웅이 담담하게 죽으러 가는 것으로 보여 안쓰러웠다.

"아이고, 그냥 눈 딱 감고 들어오겠다고 하지."

"그러게나 말일세. 충성심이 남다른가 보군."

"에효, 우리 주군께서는 자기 사람이 아니면 인정을 베푸시지 않는 분인데."

"우리라도 명복을 빌어 주자고."

"그러세."

⚍

거대한 연무장 한가운데에 영웅과 등천무제가 서로를 마주 보며 섰다.

"유언으로 더 남길 말은 없느냐? 내 너의 가족에게 전해 주겠다."

"거참, 저를 죽이려고만 하지 않았다면 평생 제 기억 속에서 좋은 분으로 남았을 텐데. 일단 저는 불살 주의이기 때문에 어르신을 죽이진 않을 겁니다. 그러니 안심하셔도 됩니다."

"이놈이 마지막 가는 길이라고 나를 놀리는 것이냐?"

"그건 붙어 보면 알겠죠?"

도대체 뭘 믿고 저런 자신감을 보이는지 이해가 가지 않는 등천무제였다.

'뭐지, 뭘 믿고 저런 허세를 부리는 것이지? 뭔가 숨겨진 한 수가 있는 것인가?'

등천무제의 생각을 아는지 모르는지 영웅은 손가락을 까닥였다.

그 모습에 등천무제의 표정이 변했다.

괜찮은 놈에서 건방진 놈, 그리고 자기 분수를 모르는 놈으로 변했다.

"오냐! 그래도 내 사위와 연이 있는 놈이니 고통 없이 한 방에 끝내 주마!"

등천무제는 자신의 주먹에 시퍼런 강기를 만든 뒤에 영웅을 향해 눈에 보이지도 않는 속도로 휘둘렀다.

파앙─!

어찌나 빠르게 휘둘렀는지 공기가 터져 나가는 소리가 들렸고, 그 충격파로 연무장 주변에 강한 바람이 일었다.

비록 자신의 절기를 사용한 것은 아니지만 고작 20년 공력을 지닌 놈을 상대로는 과한 공격이었다.

등천무제는 한 방에 저놈의 몸이 폭사할 것이라 믿어 의심치 않았다.

그의 믿음처럼 권강으로 만들어진 주먹 모양의 푸른 기운이 영웅에게 정확하게 명중하였다.

어찌나 빨리 날아갔는지 미처 피하지도 못한 것처럼 보였다.

쯔어엉—!

그런데 전혀 다른 소리가 들려왔다.

몸이 산산이 박살 나는 소리가 아니라 자신이 날린 권강이 무언가에 부딪히며 튕겨 나가는 소리였다.

쿠콰콰쾅—!

튕겨 나간 권강이 주변의 땅에 떨어지며 거대한 폭음과 함께 먼지구름을 일으켰다.

믿기지 않는 광경과 함께 등천무제의 눈에 멀쩡히 서 있는 영웅이 들어왔다.

"헉! 이, 이제 무슨?"

지금 이 상황이 이해되지 않았다.

강기를 머금은 정권을 날렸는데 그것을 맞고도 아무렇지 않게 웃으며 서 있는 것이다.

피했나 싶어 자세히 보니 자신의 주먹을 맞은 자리의 옷이 산산이 조각난 채로 해져 있었다.

그것을 보면 분명히 정확하게 맞았다는 얘기다.

그리고 자신의 권강이 정말로 영웅의 몸에 맞고 튕겨 나갔다는 말이다.

인간의 몸으로 그것이 가능한가?

머리가 혼란스러워지는 등천무제였다.

"생각보다 강하시네요? 방금 건 묵직했습니다."

이어지는 영웅의 말에 등천무제의 머리가 더욱더 뒤죽박죽으로 엉켰다. 자신의 상식이 박살 나고 있었다.

어찌 저럴 수가 있단 말인가?

내공이 문제가 아니었다.

다른 사람도 아니고 삼제의 일인인 자신이 날린 권강이었다.

단순히 묵직한 정도로 끝나선 안 되는 공격이었다.

"너, 너 뭐냐? 어찌 멀쩡할 수가 있단 말이냐? 서, 설마…… 전설상에 존재한다는…… 그, 금강불괴더냐? 그래서 그리도 당당했던 것이냐!"

"글쎄요. 세상에는 이해할 수 없는 일들이 종종 일어나곤 하지요. 제가 그런 경우 아닐까요?"

별일 아니라는 식으로 말하는 영웅을 보며 등천무제는 자기 생각을 정정했다.

지금 자신의 앞에 있는 놈은 내공이 부족한 하급 무인이 아니었다. 자신과 동급, 아니 자신보다 강한 무인이다.

"내가 그대를 잘못 보았군. 용서하시오. 이제부터 전력을 다해 대접해 드리리다."

등천무제의 말투가 반존대로 바뀌었다.

영웅을 인정한 것이다.

그는 자신이 인정한 강자라면 신분이고 나이고를 떠나서 그 사람을 정말 강자로서 존중했다.

바로 그 점이 등천문이 중원에서 가장 강한 문파로 성장할 수 있었던 원동력이었다.

자신의 부족함을 인정하는 자세. 그리고 배울 것이 있으면 바로 자세를 낮추어 경청하는 자세.

상대방의 지위가 높고 낮음은 상관없었다.

그것이 바로 등천무제의 좌우명이자 반드시 지키는 습관이었다.

반면 영웅은 등천무제의 변화에 놀라움을 드러냈다. 자신의 잘못을 바로잡고 상대방을 인정한다는 것은 정말로 힘든 일이었기 때문이다.

등천무제의 지금 행동은 호감을 불러일으켰다.

'괜찮은 사람이군. 삼제라는 호칭 때문에 거만할 줄 알았는데.'

삼제라고 불리며 이 세상에서 세 손가락 안에 들어가는 세력을 가진 강자임에도 저런 자세를 가질 수 있다는 사실이 영웅을 감탄하게 만들었다.

원래대로라면 사지를 부러뜨리고 이야기하려 했지만, 마음을 바꾸었다. 저렇게 좋은 사람에게 그러고 싶진 않았다.

"좋습니다. 저를 인정하신다니 기분이 좋군요."

"미안하오. 처음에 그대가 강하다는 말을 들었어야 했는데, 최선을 다해 공격하겠소."

등천무제의 표정이 진지해졌다.

그런 등천무제를 보며 영웅은 미소를 지으며 손을 까닥거렸다.

그런 영웅의 행동에도 아까와는 달리 기분 나빠하지 않았다.

오히려 영웅의 저런 행동이 당연하다고 생각하며 고개를 끄덕였다. 그리고 내력을 끌어올리기 시작했다.

웅웅웅―! 슈라라락―!

녹색이 감도는 기운이 등천무제의 몸을 감싸며 소용돌이치기 시작했다.

등천무제는 그 소용돌이치는 녹의 기운을 태극의 모양으로 뭉치더니 영웅을 향해 출수했다.

"등천광패(登天狂敗)!"

후아아앙―!

녹색의 날카로운 소용돌이가 마치 드릴 모양처럼 변하며 영웅의 얼굴을 향해 날아갔다.

영웅은 대수롭지 않은 표정으로 주먹을 말아 쥐었다.

"이렇게 한 건가?"

뭐라고 중얼거리더니 주먹을 내질렀다.

후아아아아앙―!

영웅의 손에서 등천무제가 전개한 등천광패와 똑같은 뾰족한 모양의 소용돌이 형상이 만들어졌다.

크기와 강함은 등천무제의 등천광패를 능가했다.

영웅의 손을 떠난 소용돌이는 날아오던 등천광패를 순식간에 소멸시켜 버리고, 등천무제에게 향했다.

"헉! 이, 이게 무슨!"

등천무제는 경악하며 재빨리 몸을 날려 피했다.

쿠콰콰쾅—!

연무장 한쪽이 거대한 발톱에 할퀸 것처럼 뜯겨 나갔다.

그것을 멍하니 바라보는 등천무제였다.

"에이, 한 번 보고 따라 하려니 좀 어렵네."

영웅의 말에 등천무제가 번개 같은 속도로 고개를 돌려 그를 믿을 수 없다는 눈으로 바라보았다.

연달아 이어진 상상 초월의 광경에 등천무제의 눈은 찢어질 듯 커진 상태였고, 그의 심장은 심하게 요동치고 있었다.

"역시 내력이 부족한 게 흠인가?"

아니, 이게 무슨 말인가.

내력이 부족하다고?

방금 자신보다 배는 강한 등천광패를 전개하고도?

자신은 극성으로 전개한 등천광패였다.

그 정도 위력을 내고도 만족하지 못하고 자신의 내력을 탓했다.

괴물, 아니 무신(武神)이었다.

방금 한 말로 유추했을 때 자신이 전개하는 것을 보고 그대로 따라 했다는 소리다.

그런 일은 절대로 있을 수 없다고 생각했지만, 눈앞에서 현실로 보지 않았는가.

등천무제는 고개를 털었다. 착각한 것이라 속으로 되뇌며 자신이 가진 최후의 초식을 준비했다.

이것마저 따라 한다면 영웅을 모시겠다고 굳게 다짐하면서.

"이, 이것도 받아 보십시오! 제 모든 것입니다! 아까 내기를 하자고 하셨지요? 이것까지 따라 하신다면 그대를 주군으로 모시겠소!"

쿠와와와—!

등천무제의 몸에서 일어나는 엄청난 기세에 그의 옷과 머리가 하늘로 솟구치며 펄럭였다.

온 세상을 전부 파괴할 것 같은 패도적인 기운이 등천무제의 몸을 휘감으며 소용돌이치고 있었다.

그 기운은 등천무제의 머리 위로 모이기 시작했고, 거대한 도끼 모양의 강기가 생성되었다.

"등천패왕참(登天霸王斬)!"

등천무제가 양손을 교차하며 내지르자 거대한 도끼 모양의 강기가 영웅을 향해 그대로 내리쳐졌다.

쿠콰콰쾅—!

이번엔 영웅이 따라 하지 않았다.

자욱한 먼지가 사방을 덮쳤고 거대한 폭음이 울려 퍼졌다.

하지만 등천무제는 긴장을 놓지 않았다.

아니나 다를까 먼지가 걷히자 아무렇지 않은 듯이 서 있는 영웅이 보였다.

"방금 건 좀 어렵네, 음."

웃음이 났다. 자신의 최후 초식을 그대로 맞고도 아무렇지 않게 서 있는 것도 어이가 없는데, 자신은 신경조차 쓰지 않고 생각에 잠긴 그의 모습에 기가 막혔다.

그리고 기가 막힘은 곧 경악으로 바뀌었다.

영웅의 등 뒤로 자신이 전개한 것보다 훨씬 크고 아름다운 부강이 넘실대고 있었다.

심지어 한 개가 아니었다.

자신은 전력을 다해서 겨우 만든 부강을 영웅은 대수롭지 않게 여러 개를 생성했다.

"마, 맙소사! 저, 저게 정말 20년 내공을 가진 사람이라고?"

믿기지 않는 일이 자신의 눈앞에서 현실로 벌어졌다.

"어때요? 이건 좀 괜찮은 거 같은데."

영웅이 해맑게 웃으며 묻자 등천무제가 고개를 끄덕이며

말했다.

"그렇습니다. 제 것보다 훨씬 강하고 아름답습니다. 제가…… 졌습니다."

그리고 천천히 영웅을 향해 무릎을 꿇었다.

자신이 다짐한 걸 정말로 실행에 옮기는 것이다.

"남아일언 중천금! 이제부터 주군으로 모시겠습니다!"

"어라? 이렇게 쉽게 인정?"

4장

영웅의 말에 등천무제는 실소가 나왔다.

쉽게라니…….

절대 쉽게 결정한 것이 아니었다.

등천무제는 오늘 하늘을 보았다. 진정한 하늘을 말이다.

그가 영웅을 인정하고 주군으로 모시겠다고 마음먹은 이유는 무엇일까.

그것은 허망함이었다.

아무리 발버둥을 쳐도 영웅에게는 안된다는 절망감, 그리고 절대로 그를 넘을 수 없다는 좌절감.

자신의 눈앞에 있는 이는 절대로 인간이 아니었다.

인간의 힘으로 넘을 수 없는 초월적인 존재였다.

자신은 인간을 주군으로 모신 것이 아니었다. 무신을 섬기는 것이었다.

"절대로 쉽게 인정한 것이 아닙니다. 그저 주군을 인정하고 받아들인 것일 뿐입니다."

"그래도 너무 갑작스러운데……."

영웅이 살짝 난감한 표정을 지어 보이자 등천무제가 웃으며 말했다.

"허허허, 이렇게 보니 주군께서도 인간이 맞군요. 소신, 조금은 안심이 되옵니다."

"아니, 그냥 아까처럼 편하게 해요."

"아니 될 말씀입니다. 주군께서야말로 소신에게 하대하여 주시옵소서."

"아니, 갑자기 어떻게 하대를 합니까?"

"그러셔야 합니다."

"나중에, 나중에 천천히 하도록 하죠. 우리 오늘 초면이에요."

영웅의 말에 등천무제가 한 발짝 물러섰다.

"알겠습니다. 편한 대로 하시옵소서, 주군."

"하아, 이거 참……."

영웅이 뒷머리를 긁적이며 주변을 둘러봤다.

"이제 더 안 하실 거죠?"

"허허허, 더 했다가는 제 모든 것을 다 뺏길 판인데 그럴 수야 있겠습니까? 소신도 먹고는 살아야지요."

"네, 그러세요. 그럼 일단 자리 좀 옮길까요?"

"알겠습니다. 소신의 방으로 모시겠습니다."

등천무제가 앞장서서 안내하자 영웅이 뭔가 찝찝한 표정으로 그 뒤를 따라갔다.

등천무제의 집무실에 온갖 산해진미와 명주가 차려졌다.

상석에는 영웅이 불편한 표정으로 앉아 있었고, 그런 영웅을 보며 즐거운 표정으로 앉아 있는 등천무제가 있었다.

"소신, 등천무제 손문! 주군께 정식으로 인사 올립니다."

등천무제 손문이 포권을 하며 영웅에게 허리를 숙였다.

오는 동안 말렸지만, 전혀 듣지를 않아 그냥 그러라고 허락한 참이었다.

대신 다른 이들처럼 엎드리지만 말아 달라고 이야기했고, 겨우겨우 설득해서 승낙을 받아 냈다.

"제 이름은 강영웅. 앞으로 잘 지내 봐요."

"오, 주군의 존함이 영웅(英雄)이었군요! 하하하, 이름도 참으로 훌륭하시옵니다!"

안 그래도 강자를 좋아하는 손문이었으니 오죽하겠는가.

그의 눈에는 이미 콩깍지가 단단히 쓰인 상태였다. 영웅이 뭘 해도 그의 눈에는 아름답게 보일 것이다.

"주군의 진정한 힘은 어떤 것입니까, 무공입니까?"

술잔이 몇 번 오가고 난 뒤에 손문이 조심스럽게 물었다.

영웅은 손문의 질문에 고개를 저으며 말했다.

"아니요. 무공은 음, 그냥 재미 삼아 가볍게 배운 거라고 해야 하나? 솔직히 내공도 적고, 그냥 이목 숨기기에 적당할 것 같아서 배운 거죠."

영웅의 말에 손문은 다시금 감탄했다.

역시 자신의 생각이 맞았다. 평범한 이가 아니었다.

"역시 제 생각대로 주군은 평범한 분이 아니시군요, 허허허."

다른 이의 밑으로 들어갔음에도 등천무제 손문은 무엇이 그리 기분이 좋은지 연신 허허거렸다.

그런 손문의 모습에 영웅이 고개를 갸웃거리며 물었다.

"기분이 좋아 보이십니다? 남들을 아래로 보다가 위를 보게 되었는데 기분 나쁘지 않습니까? 지금이라도 원한다면 저는 괜찮으니 무르시지요."

영웅의 말에 손문이 웃다가 정색하며 말했다.

"무슨 말씀이십니까! 이 손문, 평생을 살아오면서 입으로 내뱉은 말을 다시 주워 담아 본 적 없는 사나이입니다. 제가 제 입으로 모시겠다고 말했으니 저는 죽을 때까지 주군으로 모실 것입니다."

결연한 모습에 영웅이 고개를 절레절레 흔들었다.

할아버지뻘이 자신을 주군이라고 부르며 저리 깍듯하게 대하는데 편할 사람이 세상에 어디 있단 말인가.

영웅은 답답한 마음에 손문이 따라 준 술을 단숨에 들이켰다.

그 모습을 본 손문은 환하게 웃었다. 자신이 따른 잔을 마신다는 것은 자신을 인정한다는 뜻이었으니까.

물론 그것을 알 리 없는 영웅이었다.

"그런데 제 사위와는 어떤 관계인지 여쭤봐도 되겠습니까?"

손문의 물음에 영웅이 먹고 있던 닭 다리를 내려놓으며 말했다.

"아, 누군가에게 부탁을 받아서요, 찾아 달라고. 사실 제가 찾는 사람인지도 확실하지 않아서 일단 확인을 먼저 해봐야 할 것 같네요."

영웅의 말에 손문이 고개를 끄덕이며 말했다.

"제 사위는 저희 등천문의 정예들을 수련시키러 나갔습니다. 며칠 뒤에 올 것이니 그때까지 편히 쉬시옵소서."

"네, 그나저나 그 말투 좀…… 편하게 해 주시면 안 될까요?"

"허허허, 알겠습니다. 최대한 신경을 써 보겠습니다."

말과는 달리 웃는 모습이나 표정을 보니 전혀 신경을 쓸 생각이 없어 보였다.

　자포자기한 상태로 될 대로 돼라고 생각하는 영웅이었다.

◇◆◇

　며칠이 지나자 그토록 기다리던 적염지왕이 등천문에 도착했다.

　손문에게 보고를 마친 적염지왕은 소개해 줄 분이 있다는 말에 따라갔다.

　"주군, 제 사위가 왔습니다."

　손문의 말에 적염지왕이 깜짝 놀라며 주변을 두리번거렸다.

　자신을 놀리나 싶어서 무의식중에 그런 행동을 한 것이다.

　자신의 장인이 누구인가.

　중원무림에서 가장 강하다는 삼제 중 한 명이었다.

　심지어 등천문은 무림 삼대세력 중 하나였고.

　그런 곳의 수장에게 어느 날 갑자기 주인이 생겼다?

　그것을 믿을 이가 얼마나 되겠는가.

　적염지왕의 지금 행동은 지극히 당연하였다.

　그런데 눈앞의 남자는 그것을 또 당연하게 받아들이고 있었다. 그 모습이 너무도 자연스러워 이것이 진짜인가 하는 생각까지 했다.

"감사합니다. 잠시 둘이 대화를 좀 할 수 있을까요?"

"허허, 알겠습니다. 소신은 그럼 이만."

손문이 영웅에게 정성스럽게 인사를 하고 나가자, 적염지왕은 지금 이게 무슨 상황인지 파악하기 위해 두뇌를 풀가동했다.

"일단 자리에 앉으시지요."

영웅의 말에도 적염지왕은 이러지도 저러지도 못한 채 서성거렸다. 그러다가 겨우겨우 입을 열어 물었다.

"그, 그대는 누구요? 어찌 자, 장인께서 그대를 모신다고 하는 것이오? 정체가 뭐요?"

극도로 경계하며 언제든지 출수할 준비까지 하는 적염지왕의 모습에 영웅이 한숨을 쉬었다.

"뭐, 정 불편하다면 거기에 계속 서 계시든가요. 아무튼 몇 가지 확인을 좀 하겠습니다."

적염지왕은 영웅의 말에 그저 대꾸 없이 경계만 하고 있었다. 그러다가 뒤이어 나온 말에 경악했다.

"이태준 씨, 맞죠?"

"헉! 그, 그 이름을 어, 어찌?"

"협회에서 보내서 왔습니다. 아, 정확하게는 연준혁 씨가 보냈다고 하는 게 맞겠네요."

영웅의 말이 끝났음에도 대답이 없는 적염지왕이었다.

그는 지금 눈을 동그랗게 뜬 채로 온몸을 부들부들 떨고 있었다.

　영웅은 대충 이해한다는 표정으로 안정이 될 때까지 기다려 줬다.

　잠시 후에 마음이 안정되었는지 적염지왕, 이태준이 입을 열었다.

　"저, 정말 그곳에서 오신 분이 맞습니까? 가, 각성자 협회에서 오신 분이 맞습니까?"

　"네, 맞습니다. SS급 헌터 이태준 씨 맞으시죠? 집은 서울시 성북구고, 가족은 없으시네요."

　서울시라는 말에 이태준의 눈에서 눈물이 흘러나왔다.

　"저, 정말로 그곳에서 오신 분이 맞군요! 바, 반갑습니다! 하, 한국말을 듣는 것이 얼마 만인지……."

　그 모습에 영웅이 다가가 등을 두드리며 달래 주었다.

　"감사합니다. 사, 사실 저는 협회에서 저를 잊은 줄 알았습니다."

　"잊다니요. 설마 또 다른 나와 뒤바뀌는 평행세상일 거라 예상하지 못하셨잖아요. 그건 협회도 마찬가지입니다. 당연히 기존의 웜홀과 같을 것으로 판단했습니다."

　영웅의 말에 이태준이 고개를 끄덕였다.

　사실 자신도 그것을 알기에 포기하고 있었다.

　더욱이 자신을 찾으러 온다 해도 돌아갈 방법이 없었다.

　세상천지 어디에 웜홀이 있는지 알고 찾는단 말인가.

여기는 인공위성이 존재하지 않았고, 탈것이 발달한 세상도 아니었다.

정말 순수한 인력으로 찾아야 했다.

솔직히 처음에는 열정을 가지고 찾아다녔다.

그러나 해가 지나면서 점점 좌절로 바뀌었고, 마지막에는 그냥 모든 것을 포기하고 받아들이기로 했다.

과거 힘들었던 생각을 하다가 번쩍 고개를 드는 이태준이었다.

"도, 돌아갈 방법은 있습니까?"

희망에 찬 얼굴로 자신을 바라보자 영웅은 고개를 끄덕였다.

"물론이죠. 돌아가는 웜홀도 찾아 놨습니다."

영웅의 말에 이태준의 표정이 복잡해졌다.

사실 처음에는 돌아가기를 간절히 바랐었다. 자신이 살던 세상으로.

하지만 지금은 아니다.

원래 세상에서 자신을 찾아온 영웅이 반갑기는 했지만 그것뿐이었다.

돌아갈 마음이 들지 않았다.

이곳에는 자신이 사랑하는 부인이 있었고, 목숨보다 소중한 자식들이 존재했다.

언제나 혼자였던 그에게 가족이 생긴 것이다.

"죄송합니다. 저, 저는 돌아가지 못할 것 같습니다. 협회 장님께 대신 말씀 좀 전해 주시겠습니까?"

"음, 역시 가족들 때문이겠죠?"

영웅의 말에 이태준이 고개를 끄덕였다.

영웅은 이해한다는 표정을 지었다.

사실 자신도 이곳에 와서 제일 먼저 든 생각이 그거였으니까.

간신히 되찾은 자신의 부모님 생각.

그래서 더 이해되었다.

"이해합니다. 하하, 알겠습니다. 협회장님께는 그렇게 전달하겠습니다. 그래도 한 번 다녀오시는 것을 추천합니다. 이제 언제든지 오갈 수 있으니 말이죠."

"저, 정말입니까?"

"네, 저도 밤마다 가서 놀다 오는걸요."

"네?"

"아, 저쪽 세상과 이곳 세상은 시간 흐름이 다릅니다. 저쪽에서는 이태준 씨가 이쪽으로 오고 4개월이란 시간이 흘렀습니다."

"겨우요? 여기선 8년 넘게 흘렀는데?"

"네, 그 정도의 차이가 납니다."

"하하…… 정말 신기하군요. 그래도 전 가지 않겠습니다. 이제 저와는 더는 연이 없는 세상입니다."

"알겠습니다. 그 부분까지 전달하지요. 아, 그리고 혹시 태권각왕하고 환영마왕라고 불리는 자들을 아십니까?"

"알고 있습니다. 저와 같은 십이지왕 아닙니까? 만난 적은 없지만요. 그런데 그들에 대해 왜 물으시…… 서, 설마?"

무언가를 깨달은 듯한 표정을 짓는 이태준을 보며 영웅이 고개를 끄덕였다.

"맞습니다. 이름부터가 딱 보면 나오잖습니까, 태권."

"아! 그, 그렇군요! 저는 왜 그것을 생각 못 했을까요."

"뭐, 확실하진 않지만 그분들도 일단 유력한 후보들입니다."

"저도 돕겠습니다. 돌아가진 않더라도 대원들을 찾는 것은 돕겠습니다. 근데 그들이 누군지, 혹시 이름을 알 수 있겠습니까?"

"아, 네. 한 분은 임시혁, 그리고 다른 한 분은 차태성 씨군요. 아시는 분들입니까?"

"네! 시혁이는 친한 동생입니다. 태성 씨는 제가 좋아하는 동료고요."

"그럼 잘 아시겠군요. 만나 봤다면 대번에 알아보셨을 텐데, 아쉽습니다."

"하하, 이곳에서 적응하느라 정신이 없어서."

머리를 긁적이며 말하는 이태준을 보며 영웅이 피식 웃었다.

"아무튼 한 분은 찾았으니 그래도 마음이 편하네요. 준혁 씨에게 좋은 소식과 안 좋은 소식을 동시에 전해야 하는 것이 좀 안타깝지만."

"회장님께 전해 주십시오. 그래도 혹 협회에 위기가 온다면 이 한 몸 가서 돕겠다고요."

"오, 그건 좋아하시겠네요."

영웅이 고개를 끄덕이며 종이를 품 안으로 넣자 이태준이 궁금했던 점을 물었다.

"저…… 그런데 제 장인어른하고는 어찌 아는 사이신지?"

"아, 사위 찾으러 왔다니까 엄청나게 경계하시길래 한판 붙었어요. 거기서 내기를 했는데…… 에효, 자기 멋대로 저를 주군으로 모시겠다고 지금 저러네요."

영웅의 말에 이태준이 놀랐다.

지금 저 말은 자신의 장인을 이겼다는 소리였다.

저쪽 세상의 레전드급에 근접한 강자를 이긴 것이다.

"그러고 보니 이곳에 오고 강해지셨나 봐요? 제가 알던 SS급하고는 분위기가 많이 다르신데."

영웅의 말에 이태준이 고개를 끄덕였다.

"그러게 말입니다. 제 주특기가 염동력인데 내공을 접합했더니 위력이 배가되더군요. 사실 이곳에 와서 엄청나게 강해졌습니다."

"그렇군요."

"그런 저도 장인어른은 한 번도 이기지 못했습니다. 혹시 등급이 레전드십니까? 하, 한국에도 레전드 등급이 탄생했습니까?"

이태준의 물음에 영웅이 웃으며 말했다.

"하하, 아니요. 한국에서는 연준혁 씨가 최고입니다. SSS급. 아직까지 한국은 약소국입니다. 그리고 저는 일반인입니다."

"네에?"

마지막 말에 화들짝 놀라는 이태준이었다.

"이, 일반인이라고요? 아, 아니 일반인이 어찌 그리 강합니까?"

"제가 좀 특별하다고 생각하시면 될 것 같네요."

"저, 정말로 각성자가 아닙니까?"

"그렇습니다. 상태창인지 뭔지도 안 보입니다. 참, 이쪽 세상에서도 그 상태창이라는 것이 보입니까?"

영웅의 물음에 이태준이 고개를 끄덕였다.

"그건 참 편리하겠네요. 궁금하기도 하고."

영웅의 말에 그가 정말로 일반인이라는 사실을 깨달은 이태준은 말문이 막혔다.

무공이 강한가?

이곳의 사람들은 각성자가 아님에도 강했다.

이태준은 영웅이 엄청나게 강한 무공을 가진 사람일 거라고 생각했다.

"호, 혹시 그럼 무공이?"

"아니요. 여기 와서 겨우 호흡법만 배운 상태네요. 내공은
20년 정도?"

"……저, 정체가 뭡니까?"

"평범한 일반인?"

"누가요?"

"제가요."

"평범한 일반인은 절대로 제 장인을 이기지 못합니다!"

"여기 있네요. 그리고 제가 강하지 않았다면 연준혁 씨가
저를 이곳에 보냈을까요?"

영웅의 말에 이태준은 반박하지 못했다.

화이트 웜홀은 알려진 바가 없기에 정예 중에서도 정예만
조사 인원으로 들여보내기 때문이다.

화이트 웜홀이 아니어도 웜홀이 생성되면 조사를 위해 들
어가는 사람들은 최소 AAA급 이상이었다. 웜홀 속 세상이
어떤 곳인지 가늠할 수가 없으니까.

그중에서도 화이트 웜홀은 미지의 세상이었다.

복귀한 이가 단 한 명도 없었기에 더욱더 그랬다.

당연히 그런 곳에 약한 이를 보낼 리가 없었다.

"믿을 수가 없군요. 각성자도 아닌데…… 지금까지 제가
알고 있던 상식이 산산이 부서지는 순간이군요."

"하하, 아닙니다. 저만 그렇습니다. 설명하려면 길고, 그냥 우주에서 저만 특별한 인간이라고 생각하시면 될 것 같네요."

둘의 대화가 깊어질 때쯤 밖에서 인기척이 들려왔다.

이태준은 그가 누구인지 대번에 알아챘다.

"이런, 장인어른께서 궁금하신가 봅니다."

"이제 들어오셔도 될 것 같네요. 우리 사이는 그냥 대충 얼버무리죠. 저쪽 세상 이야기를 하려면 복잡해지니까."

"알겠습니다."

잠시 후, 방 안으로 들어온 등천무제 손문이 긴장한 표정으로 둘을 번갈아 봤다.

무엇 때문에 그러는지 눈치를 챈 영웅이 미소를 지으며 말했다.

"사위분께서는 이곳에 남겠다고 하시는군요. 저도 돌아가서 그렇게 전할 예정이고요. 그러니 걱정하지 않으셔도 됩니다."

"그, 그렇습니까? 하하, 정말 다행이군요. 이제 마음 놓고 그에게 문파를 넘겨도 되겠군요."

등천무제의 말에 이태준이 화들짝 놀라며 말했다.

"자, 장인어른! 그, 그게 무슨 말씀이십니까? 저에게 문파를 넘기시겠다니요!"

"허허, 이놈이? 그럼 내가 언제까지 이 힘든 일을 하고 있어야 한단 말이냐? 기회를 엿보고 있었는데 마침 잘되었다. 이 기회에 너에게 넘기고 나는 주군을 따라 강호 주유나 해야겠다."

이번엔 영웅이 화들짝 놀라며 말했다.

"네? 저, 저랑요?"

"허허, 그렇습니다. 소신이 이제 어딜 가겠습니까? 여생은 주군 곁에서 세상 구경이나 하면서 보내려고 합니다."

"아, 아니, 여생을 왜 저를 따라다니며 고생하려 하십니까? 그냥 여기서 사위 수발 받으며 편히 지내시는 것이?"

"허허허, 이런, 제가 괜한 소리를 해 주군께 걱정을 끼쳐 드렸군요. 괜찮습니다. 말만 그렇지 체력 하나는 젊은 사람 못지않다고 자부하는 바입니다. 걱정하지 않으셔도 됩니다. 저를 이리도 챙기시다니 소신 그저 몸 둘 바를 모를 뿐입니다."

영웅이 한 말의 의미를 알면서도 저리 둘러대며 말하는 것이다.

아무리 설득해 봐야 통하지 않을 것 같았다. 단단히 벼르고 들어온 것이 눈에 보였다.

자신이 정한 길이 아니면 절대로 눈을 돌리지 않겠다는 의지를 보여 주듯이 영웅만 뚫어지게 바라보는 등천무제였다.

"하아, 좀 설득을 해 보세요."

영웅이 작은 희망을 가지고 이태준에게 도움을 요청했다.

하지만 웬걸, 이태준이 고개를 절레절레 저었다.

"장인어른께서 저리 나오시면 해야 합니다. 방법이 없습니다."

"네? 아니…… 그게 무슨?"

"아마 몰래 가신다고 해도 중원 전체를 전부 뒤져서라도 찾아가실 겁니다. 그냥…… 모시고 가시는 것이……."

"아니, 그게 사위가 할 소립니까?"

"주군, 사위 말이 맞습니다. 제가 옆에서 잘 보필하겠습니다."

영웅은 갑자기 머리가 아파 오는 것 같았다.

'아스피린을 챙겨 올걸…….'

다음에 나가면 꼭 두통약을 사 오겠다고 다짐하는 영웅이었다.

괴로워하는 영웅을 보며 부드러운 미소를 보이는 등천무제였다. 그는 점점 더 영웅이 맘에 들었다.

자신이 신하를 자청했음에도 여전히 자신을 배려하는 영웅을 보며 점점 더 빠져들고 있었다.

거기에 자신 같은 강자를 데리고 다니면 편할 텐데도 오히려 자신을 걱정하며 저리 괴로워하고 있었다.

물론 등천무제의 오해였지만, 그 오해가 충성심을 점점 더 강하게 만들고 있었다.

현실세상으로 돌아온 영웅은 곧바로 연준혁을 찾았다.

연준혁이 다급하게 영웅이 있는 곳으로 달려왔다.

"찾으셨다고요?"

연준혁의 말에 영웅이 고개를 끄덕였다. 그리고 무언가를 내밀었다.

그것은 각성자 협회의 일원임을 나타내는 ID카드였다.

"이, 이건?"

"찾았습니다. 하지만 오지 않겠다더군요."

"그, 그게 무슨 말입니까? 오지 않겠다니요?"

"그곳에 이미 정착한 상태입니다."

"네? 그곳에 이미 정착을 해요?"

연준혁의 말에 영웅이 고개를 끄덕이며 말했다.

"네, 이미 일가족을 이루었더군요. 아들과 딸까지 있습니다. 자식들과 부인이 그곳에 있는데 넘어오겠습니까?"

연준혁은 심각한 표정으로 ID카드를 바라보았다.

"그가 오지 않으면 무슨 문제라도 있는 겁니까?"

"문제라기보단…… 하아, 솔직히 SS급 각성자는 중요한 자원입니다. 한 명이라도 아쉬울 판에…….."

"제가 있지 않습니까. 부족합니까?"

영웅의 말에 연준혁이 잠시 멍한 표정으로 영웅을 바라보았다.

"아닌가요?"

영웅의 말에 연준혁이 환하게 웃으며 고개를 마구 저었다.

"그, 그렇군요. 저희에겐 영웅 님이 계셨군요! 그것을 잠시 잊고 있었습니다!"

밝아진 연준혁을 보며 영웅이 미소를 지으며 말했다.

"어려운 일이 생기면 제가 도울 테니, 그는 그곳에서 편히 살게 두시는 것이 어떨까요."

영웅의 말에 연준혁이 고개를 끄덕이며 대답했다.

"네, 알겠습니다!"

"아, 그리고 그는 더 이상 SS급이 아닙니다."

"네? 그게 무슨 말씀입니까?"

"더 강해졌다고 하더군요. 제가 느꼈을 때 SSS급 이상이었습니다."

그 말에 다시 아쉬운 표정이 드러났다.

"또한 협회가 위기에 처하는 날이 온다면 자신도 이곳으로 넘어와서 돕겠다고 했습니다."

영웅의 말에 연준혁은 감격스러운 눈빛을 하며 ID카드를 바라봤다.

"고맙다, 태준아…….."

그리고 ID카드를 소중히 안았다.

잠시 마음을 추스른 연준혁이 고개를 들며 물었다.

"그럼 나머지도 부탁드리겠습니다. 그리고 태준이에게 미안했다고 좀 전해 주십시오."

연준혁이 고개를 깊게 숙이며 말했다.

영웅은 환하게 웃으며 고개를 끄덕였다.

"일단 집에 가서 좀 씻고 푹 쉬었다가 다시 들어갈 겁니다."

"네, 집까지 저희가 편하게 모시겠습니다."

"아니에요. 평소처럼 그냥 날아갈게요."

"알겠습니다. 편히 쉬다 오십시오."

영웅 역시 인사를 하고는 하늘을 향해 날아올랐다.

"영웅이라…… 하하, 정말 이름 한번 잘 지었네. 그는…… 정말로 영웅이다."

영웅이 사라진 곳을 바라보며 중얼거리는 연준혁이었다.

⟞──────⟝

집에 돌아온 영웅은 무림에 있는 동안의 묵은 때를 모두 벗기고 밥을 먹었다. 무림에서 입었던 옷들은 모두 세탁을 맡겨 두었다.

그 모습을 이상하게 바라보는 한 명이 있었다.

바로 영웅의 어머니, 권혜영 여사였다.

우적우적– 후루룩– 아그작아그작–!

정신없이 밥을 먹는 영웅을 보며 그녀가 어이없는 표정으로 물었다.

"너 요새 굶고 다니니?"

그 말에 영웅이 입 안 가득 음식을 넣은 채 씨익 웃으며 말했다.

"엄마가 해 준 밥이 세상에서 제일 맛있어요."

권혜영 여사는 다른 재벌들과 다르게 자신이 직접 요리를 했다. 소중한 가족들이 먹는 음식인데 다른 사람에게 맡길 수 없다는 것이 그녀의 지론이었다.

그녀는 아들의 말에 잠시 멍하니 있다가 웃음을 터트렸다.

한때 골칫덩어리 아들이었는데 이제는 아니었다.

자신을 이렇게 웃게 만드는 유일한 자식이었다.

"오냐, 고맙다. 어이구, 우리 아들! 많이 먹어!"

"네! 엄마표 김치가 너무너무 맛있어요."

그리고 다시 먹는 것에 집중했다.

외국에 나가면 애국자가 된다더니 정말이었다. 중원에서 일주일간 지냈더니 이 집밥이 너무도 그리웠다.

꺼어어억!

밥 세 공기에 김치 두 포기를 해치우고서야 만족스러운 웃음을 지으며 배를 두드렸다.

"역시 한국 사람은 한식이야. 어휴, 기름진 음식만 일주일 동안 먹었더니 느글거려서 미치는 줄 알았네."

츱츱츱.

영웅은 이쑤시개로 이 사이에 낀 이물질을 제거하면서 편하게 소파에 누웠다.

김치 통조림이 있었지만, 엄마표 김치에 비할 바가 아니었다.

'집 김치를 좀 싸 갈까?'

생각해 보니 자신의 4차원 공간은 시간이 거의 흐르지 않는 곳이었다. 김치를 넣어 둔다고 해서 안에서 썩는다거나 하진 않을 것이다.

'그래, 좀 가져가자. 어휴, 내가 죽겠다.'

이번 기회에 음식을 좀 챙겨 가기로 마음먹은 영웅이었다. 아무리 해도 적응이 안 되는 것이 바로 음식이었다.

비상약에 야영할 때 쓸 텐트까지, 가져가야 할 것이 한 무더기였다.

'라면! 가장 중요한 라면! 야영에는 라면이지, 크크크. 이번엔 종류별로 챙겨 가 볼까?'

배도 부르니 시원한 에어컨 바람을 맞으며 서서히 눈을 감는 영웅이었다.

⚊⚊⚊

푹 쉬고 다시 화이트 웜홀을 통해 무림으로 이동한 영웅은 나머지 둘을 찾기 위해서 등천문을 나섰다.

강호로 나선 영웅의 곁엔 대호를 포함한 일호, 이호를 비롯해 새로운 사람이 가세했다.

등천무제였다.

처음 봤을 때와 달리 연신 즐거운 미소를 지으며 영웅의 옆을 따라다니는 그였다.

"어째 처음 봤을 때보다 표정이 더 좋아 보이네요?"

영웅의 물음에 등천무제가 환하게 웃으며 말했다.

"허허, 그러게 말입니다. 모든 것을 내려놓고 주군만을 위해 산다고 생각하니 마음이 편해졌습니다, 허허허."

영웅은 고개를 절레절레 흔들었다.

"주군, 어디로 이동하시렵니까?"

"음, 일단은 정보를 모아야 할 것 같네요. 제가 찾는 사람들의 마지막 행적을 봐야겠죠?"

"그러면 제가 아는 정보 단체로 가시겠습니까?"

"오, 그러면 저야 좋죠. 어딘가요?"

"허허허, 비선각(秘線刻)이라는 단체가 있는데 중원에서 정보로는 그들을 따를 단체가 없습니다. 단점은 좀 비싸다는 것이지요."

"비싸도 상관없어요. 제가 원하는 정보만 얻을 수 있다면."

어차피 남아도는 것이 금이다.

정 부족하면 초신안으로 금이 매장된 곳을 찾아 캐내면 된다. 금은 영웅에게 있어서 언제든 구할 수 있는 그런 것이었다.

"그렇습니까? 허허, 정말 주군께선 갈수록 저를 놀라게 하시는군요. 강한 것도 부족해서 금력까지 가지고 계실 줄이야."

"하하, 제가 돈이 좀 있죠."

한편, 뒤에서 둘의 이야기를 듣고 있던 대호 일행은 어이가 없는 표정으로 둘을 번갈아 보았다.

등천무제가 영웅을 주군으로 부르면서 나타났을 때는 장난인 줄 알았다.

아니, 삼제 중 일인인 등천무제가 뭐가 아쉬워서 주인을 섬긴단 말인가.

가만히 있어도 세상 사람들이 알아서 받들어 모셔 줄 텐데.

그런데 등천무제는 진짜 영웅을 주군이라 부르고 있었고, 또 영웅은 그것을 당연하게 받아들이는 것이 아닌가.

정말로 천하의 삼제 중 일인이 영웅의 수하를 자청하고 들어온 것이다. 더욱이 새로 등천문의 문주가 된 적염지왕 역시 영웅을 대하는 게 어찌나 지극정성인지 놀라울 따름이었다.

시간이 점점 지나면서 그들은 자신들이 선택한 줄이 엄청난 금줄이라는 것을 깨달았다.

대호는 정신을 차리고 영웅을 선택한 자신을 마음속으로 칭찬했다. 일생일대의 도박이 대박을 터트린 것이다.

이제 자신은 천하제일, 아니 고금제일인을 주군으로 모신 첫 번째 가신으로 역사에 기억될 터다.

그것이 대호를 행복하게 만들었다.

뒤에서 싱글거리는 대호와 일호, 이호를 보던 등천무제가 영웅에게 다가가 물었다.

"저들은 귀하게 쓸 요량이십니까?"

등천무제의 질문의 뜻을 이해 못 한 영웅이 되물었다.

"왜요? 무슨 문제라도?"

"허허, 아닙니다. 귀히 쓸 요량이시라면 소인이 좀 교육을 해도 될까 싶어서요."

"아하, 저들을 강하게 만들어 주겠다는 말씀?"

"허허, 그렇습니다."

"음, 뭐 수하가 강해지면 저야 나쁠 것이 없겠죠?"

"허허, 알겠습니다. 소신이 알아서 잘 키워 놓겠습니다."

"그럼 부탁드리겠습니다."

"부탁이라니요. 주군, 명령만 내리시면 됩니다."

"네, 네, 알겠어요."

영웅이 자신의 말에 얼버무리며 자리를 피하자, 왜 그런지를 잘 아는 등천무제가 흐뭇한 미소를 지었다.

그리고 뒤로 이동해서 대호 일행에게 말했다.

"이놈들, 이제부터 네놈들 훈련은 내가 맡게 되었다."

"네? 무, 무슨 훈련 말씀이십니까?"

"무슨 훈련이긴, 네놈들 무공 수련이지. 크크, 앞으로 각 오하거라. 내 성에 찰 때까지 아주 고강도의 훈련을 시킬 테니."

등천무제의 말에 이걸 기뻐해야 하는지 슬퍼해야 하는지 갈피를 잡지 못하는 대호 일행이었다.

"이놈들 표정이 왜 그러느냐? 나 등천무제가 직접 수련을 시켜 주겠다는데, 안 웃어?"

등천무제가 정색하면서 말하니 무서웠다. 아까 영웅에게 말하는 모습과는 완전히 딴판이었다.

결국, 세 사람은 어색한 웃음을 지으며 말했다.

"하하…… 자, 잘 부탁드립니다."

그 말이 자신들 앞에 있는 지옥문을 여는 소리인 줄도 모른 채.

비선각.

개방, 하오문과 함께 중원 삼대정보단체 중 한 곳이었다.

비선각의 각주가 누구인지, 본단이 어디인지 아는 이는 없었다.

그들과의 만남은 은밀하게 이루어진다.

특별한 표식을 특별한 객잔 주인에게 내밀면 된다. 그러면 그날 밤에 은밀하게 담당자가 찾아온다.

이렇듯 은밀하게 정보를 사고파는 단체였는데 놀랍게도 그들이 주는 정보는 정확했으며 방대했다.

개방과 하오문에서도 찾지 못한 정보를 알고 있을 정도였다.

그들을 만나기 위해 영웅 일행은 어느 객잔에 짐을 풀었다.

저녁을 먹고 방 안에 모여 가볍게 술 한잔 하고 있을 무렵, 누군가가 창문 쪽으로 접근하는 것이 느껴졌다.

"허허, 왔군요."

등천무제가 웃으며 말하자 영웅은 호기심 가득한 얼굴로 창문을 바라보았다.

덜컹—!

창문이 열리면서 복면을 쓴 정체불명의 두 사람이 안으로 들어왔다.

"누구신가 했더니 등천무제이셨군요. 오래간만에 뵙습니다."

두 사람이 등천무제를 알아보며 포권을 했다.

"허허, 오랜만일세. 그동안 잘 지내셨는가?"

"염려해 주신 덕분에 잘 지냈습니다, 하하."

"자 자, 그러지 말고 아는 사이끼리 복면은 무슨, 벗고 이리로 오시게. 일단 한잔하지."

등천무제의 말에 두 명의 복면인은 고개를 저었다.

"죄송합니다. 지금은 근무 중이라, 다음에 기회가 된다면 받겠습니다."

"역시, 이래서 자네들이 믿음직스럽다니까."

"하하, 과찬이십니다. 자, 이제 본론을 말씀해 보십시오. 어떠한 정보를 원하십니까?"

"사람을 좀 찾으려고 하네."

"아, 사람을 말씀입니까? 초상화나 이름, 별호 같은 것을 말씀해 주십시오."

"자네들도 잘 알 걸세. 나랑 같은 삼제이군십이지왕 중 두 명이니까. 태권각왕 북리강과 환영마왕 헌원기, 이 두 사람을 찾고 있네."

등천무제의 말에 복면 남자의 동공이 잠깐 흔들렸다.

생각과 달리 엄청난 거물들을 찾고 있었기 때문이다.

"이, 이분들과 친분이 있으십니까?"

"아닐세. 한 번도 만난 적이 없네."

등천무제의 말에 복면인은 고개를 끄덕였다. 그가 강자를 얼마나 좋아하는지 너무도 유명하기 때문이었다.

분명히 한 번도 만나지 못했기에 만나기 위해 수소문한다고 생각했다.

"알겠습니다. 정보를 찾아서 내일 이 시간에 다시 오겠습니다."

"부탁하겠네."

등천무제의 말에 둘은 포권을 하고 다시 창문을 통해 밖으로 사라졌다.

영웅은 조용히 눈을 감고 있었다.

"주군, 피곤하십니까?"

"아니요. 어디로 가는지 느끼고 있었습니다."

"허허, 저들은 이 근처에 있는 자들이 아닙니다. 아무리 기감이 뛰어나다고 해도 중원 전체를 느낄 수는 없잖습니까."

"그렇죠. 대충 방향만 보는 것이지요."

그리 말하고는 눈을 떴다.

"따라갔다 올게요."

"네? 이미 나간 지 한참 되었는데 어찌 따라가신다는 건지?"

"날아서 가면 돼요."

"경공 말씀이신가요?"

"아니요, 이렇게."

그리 말하고 밖으로 나온 영웅은 곧바로 하늘을 향해 몸을 날렸다.

"헉! 겨, 경공이 아니라…… 지, 진짜로 날았다. 새, 새처럼 날았어…….”

순식간에 사라진 영웅을 보며 믿기지 않는 얼굴로 중얼거
리는 등천무제였다.

～～～

한편, 하늘 높이 날아오른 영웅은 초신안으로 방금 나간
두 명을 찾았다.

저 멀리 빠른 속도로 달려가는 두 명이 보였다. 연신 주변
을 경계하며 달리고 있었다.

교묘하게 이곳저곳 건물을 통과하고 물길을 거슬러 올라
도 갔다가 무언가를 뿌리면서 자신들의 흔적을 지우며 이동
하고 있었다.

“재밌네. 이런 비밀스러운 단체를 쫓아가 보고 싶었어.”

영웅은 장난기 가득한 미소로 아주 높은 곳에서 그들의 움
직임을 지켜보았다.

자신들을 바라보는 눈이 하늘 위에 있는지도 모른 채 열심
히 달려가는 둘이었다.

한참을 달리더니 도착한 곳은 길게 뻗은 협곡이었다.

“역시, 비밀 단체가 있을 법한 장소네.”

그들이 협곡으로 들어가는 것을 본 영웅은 투시를 시작
했다.

역시나 절벽 아래 깊은 곳에 은밀하게 자리를 잡고 있는 전각들이 눈에 들어왔다.

"하하, 저기군. 사람도 많고 생각 외로 큰 단체였네. 하긴, 중원 삼대정보단체라고 했지?"

어디에 있는지 확인한 영웅은 흥미가 떨어져 다시 돌아가려 했다.

그때 영웅의 투시안에 특이한 공간이 들어왔다.

"뭐지, 저들이 파 놓은 동굴은 아닌 거 같은데……."

저들이 파 놓은 동굴이라기엔 입구가 보이지 않았다.

"그건가, 말로만 듣던 기연?"

눈이 초롱초롱하게 변한 영웅이 그쪽으로 몸을 날렸다. 방금 전까지 쫓고 있던 비밀 단체에 대한 호기심은 이미 우주 저 멀리 사라진 상태였다.

서둘러 자신이 본 장소로 가니 역시나 입구가 보이지 않았다. 아마도 산사태나 모종의 이유로 입구가 막힌 것으로 보였다.

하지만 이런 것은 영웅에게 걸림돌이 될 수 없었다. 산 아래에 존재하는 공간 속으로 순간 이동을 한 영웅은 동굴 속 이곳저곳을 둘러보기 시작했다.

빛 한 점 들어오지 않는 칠흑 같은 어둠이었지만, 그 역시 영웅에게는 조금도 장애물이 되지 않았다.

영웅의 초신안이 이런 어둠 속에서도 대낮처럼 보이게 해 주었으니까.

동굴 자체는 인위적으로 만들어진 것 같지는 않았다.

그냥 평범한 종유석 동굴이었다.

다만 오랜 세월 동안 만들어진 것인지 종유석들의 크기가 상당히 컸다.

느긋하게 그곳을 구경하는데 갈라진 틈 사이에서 희미하게 빛이 새어 나오는 것이 보였다.

아까 투시로 본 바로 그 공간이 있는 장소였다.

쾅-!

주먹 한 방에 구멍이 뻥 뚫리고, 그 공간에서 나온 환한 빛이 영웅을 반겼다.

빛을 따라 들어가 보니 천장에는 빛을 발광하는 신비한 돌이 박혀 있었다. 수백 개의 빛나는 돌들이 몽환적인 분위기를 만들며 그 안을 환하게 밝혀 주고 있었다.

처음 보는 신비한 돌의 모습에 마음이 뺏긴 영웅은 조심스럽게 돌 하나를 떼어 냈다.

"이쁘네. 이건 도대체 무슨 돌이지? 일단 가지고 가서 물어봐야겠군."

몇 개를 챙겨서 품 안에 넣고 다시 주변을 둘러보기 시작했다.

천천히 구경하며 안으로 들어가니 인위적으로 만들어진 것 같은 공간이 모습을 드러냈다.

"저기는 사람이 있었던 장소 같은데?"

중얼거리면서 이곳과 어울리지 않는 공간을 향해 걸어갔다.

그곳에 발을 들이자마자 글귀 하나가 영웅의 눈에 들어왔다.

구배지례(九拜之禮)

"절을 아홉 번 하라고, 흠."

글귀 아래에는 네모반듯한 돌이 자리하고 있었다. 그곳에 올라서서 절을 하라고 만들어 놓은 것으로 보였다.

아마도 어떠한 장치를 해 놓은 것 같았다. 절을 하지 않고 무작정 들어오면 작동하는 함정 같은 게 설치되어 있을 분위기였다.

"그렇다고 절을 할 수는 없지."

영웅은 가뿐하게 무시하고 안으로 걸어 들어갔다.

역시나 무시를 하고 들어가니 함정이 발동되었다.

쿠르르르르-!

인위적인 공간을 이루고 있는 석실의 천장 전체가 굉음을 내며 영웅을 향해 내려오기 시작했다.

영웅은 조금도 당황한 표정 없이 마치 그럴 줄 알았다는 모습으로 살포시 한 손을 올렸다.

틱-!

빠르게 내려오던 천장이 영웅의 손에 걸린 채 그 자리에서 멈췄다.

자신을 짓누르기 위해 내려오는 천장을 가볍게 손으로 받치고는 다시 힘을 주어 위로 밀었다.

그가가가각-!

천장이 내려오던 속도 그대로 올라가며 이상한 소리를 내었고, 무언가가 박살 나는 소리가 들리며 처음 있던 그 높이에 그대로 멈춰 버렸다.

"재밌어. 나름 머리를 썼네."

지금 같은 함정은 영웅이 아니면 통과할 수 없는 함정이었다.

아무리 강한 무인이라도 저 거대한 천장을 박살 낼 수는 없을 것이다.

아니, 박살을 낼 수 있다고 하여도 이곳은 깊은 땅속 동굴이었다. 그 위를 받치고 있는 흙더미가 천장을 박살 낸 장본인을 통째로 묻어 버릴 것이다.

그렇다고 경공을 이용해 빠져나갈 수도 없었다. 절을 하기 전엔 앞에 통로의 문이 열리지 않을 테니까 말이다.

영웅은 막혀 있는 문에 다가가 두드려 봤다.

쿵쿵-!

단단함이 느껴지는 묵직한 소리가 문에서 들려왔다.

"우와, 이거 엄청 단단하네? 무슨 돌이지?"

문 역할을 하고 있는 녹색빛 바위의 단단함에 감탄하던 영웅의 눈이 붉게 변하기 시작했다. 붉게 변한 눈에서 진한 붉은색을 띤 광원이 단단한 문을 향해 발사되었다.

영웅의 특기 중 하나인 초고열 레이저였다.

태양의 중심 온도보다 더 뜨거운 초고열을 자랑하는 기술이다.

초고열의 레이저로 인해 돌로 만들어진 문은 순식간에 용암처럼 변하며 녹아내렸다.

뻥 뚫린 공간을 대수롭지 않은 표정으로 들어가는 영웅.

그곳에는 그가 바라던 풍경이 펼쳐져 있었다.

사방에 있는 금은보화와 퀴퀴한 냄새가 풍겨 오는 책자들.

그리고 뭔가 있어 보이는 단약과 엄청 귀중해 보이는 액체까지.

영웅은 환하게 웃으며 그 동굴 속에 있는 것들을 모조리 4차원의 공간 속으로 밀어 넣었다.

순식간에 텅 비어 버린 동굴.

볼일이 끝난 영웅은 뒤도 돌아보지 않고 그곳을 떠났다.

영웅이 떠난 곳에 남아 있는 글귀만이 이곳이 기연이 있던 장소였음을 알려 주고 있었다.

객잔에 돌아온 영웅은 곧바로 등천무제에게 자신이 가져온 것들을 보였다.

"헉! 이, 이게 다 뭡니까?"

"오다 주웠어요."

"네? 뭘 하셨다고요? 오다가 주웠다고요? 이걸요?"

눈을 동그랗게 뜬 채 경악하는 등천무제를 보며 고개를 끄덕이는 영웅이었다.

"왜요, 놀랄 정도로 좋은 거예요?"

영웅의 물음에 등천무제가 어이없는 표정으로 영웅을 바라보았다.

"아, 아니, 이게 뭔지도 모르고 가져오신 겁니까? 호, 혹시 비, 비선각을 털고 오신 건 아니시죠?"

"에이, 아니에요. 우연히 발견한 동굴 속에 있었어요."

그게 더 어이없었다.

남들은 평생 가도 한 번 만날까 말까 한 기연을 마치 지나가다 길가에 있는 것을 주워 온 것처럼 말하는 영웅을 보니 뭔가 허탈했다.

등천무제는 정신을 차리고 영웅이 가져온 것들의 정체를 하나하나 말해 주기 시작했다.

제일 먼저 들어 올린 천을 풀어 헤치며 말했다.

"이것은 천잠사(天蠶絲)군요. 특별한 영기가 있어서 오랜 시간이 지나도 그 안에 있는 것들을 최상의 상태로 유지해 줍니다. 보통 옷으로 만들어 입기도 하나, 이렇게 무언가를 오랫동안 보관하기 위해 사용되기도 합니다."

천잠사로 만들어진 보자기가 펼쳐지자 그 안에서 황금빛 영단이 영롱한 자태를 드러냈다.

"이, 이건!"

"왜요, 좋은 거예요?"

영웅의 말에 등천무제가 말을 더듬거리며 대답했다.

"대, 대화, 대환단(大還丹)! 대환단이 왜 여기에!"

어찌나 놀랐는지 등천무제는 자신도 모르게 크게 소리를 치며 뒤로 물러섰다.

지금까지 많은 경험을 하면서 살아왔다고 자부했는데 그게 아니었다.

그런 등천무제의 모습에 영웅이 반색하며 말했다.

"아, 대환단! 그건 알아요. 소림사에서 만든 영약, 맞죠? 아, 그게 이거구나. 신기하네."

영웅은 놀란 표정이 아니었다. 그냥 신기한 물건을 보는 듯했다.

"이것을 아신다면서 반응이 겨우 그겁니까?"

"왜요, 놀라야 하나요?"

"이, 이건 엄청난 보물입니다. 이게 한 알만 세상에 나와도 서로 차지하려고 엄청난 혈겁이 벌어질 겁니다!”

“그 정도예요? 생각보다 더 엄청난 물건이었네.”

말은 그렇게 하지만 말투는 여전히 대수롭지 않았다.

그런 영웅을 잠시 바라보다가 고개를 절레절레 흔들며 마음을 진정시키는 등천무제였다. 자신의 주군은 저런 사람이었다.

그렇게 진정을 시키고 있는데 그의 눈앞에 단약이 쓱 하고 들어왔다.

영웅이 대환단 한 개를 등천무제에게 내민 것이다.

이게 무슨 뜻이냐는 표정으로 바라보자 영웅이 웃으며 말했다.

“드세요, 몸보신도 하실 겸.”

“네에? 이, 이걸 지금 저에게 주, 주시는 겁니까? 그, 그것도 몸보신용으로요?”

등천무제의 말에 영웅이 고개를 끄덕였다.

“다 같이 하나씩 나눠 먹죠. 뭐. 잘되었네요. 마침 내공도 부족했는데 이거 먹음 내공 많이 생기겠죠?”

영웅이 신나는 표정으로 대환단을 바라보고 있었다.

그런 영웅을 보며 등천무제는 울컥했다.

전혀 욕심 없는 저 모습.

조금 전에 이게 얼마나 대단한 물건인지 설명했는데도 아무렇지도 않게 자신에게 건네는 저 배포.

자신이 정말로 평생 모실 주군을 잘 선택했다는 생각이 들었다. 그릇 자체가 다른 사람이었다.

"가, 감사합니다, 주군."

"앞으로 잘 부탁드려요."

"크흑! 그, 그리 말씀하지 않으셔도 소신은 주군 곁에서 뼈를 묻을 것입니다!"

울컥하면서 말하는 등천무제였다.

영웅은 그런 등천무제의 등을 잠시 토닥이더니 세 개를 더 내밀었다.

"대호 애들도 먹여서 사람 구실 하게 만들어 주시고요."

영웅의 말에 등천무제가 결연한 표정으로 고개를 끄덕였다.

"소신 반드시 명을 이행하겠나이다! 제가 아는 모든 방법을 총동원해서라도 그놈들이 사람 구실 하도록 만들어 놓겠습니다!"

건넛방에서 쉬고 있던 대호 일행은 알 수 없는 오한을 느꼈다.

그런 등천무제를 뒤로하고 다음 것을 물어보는 영웅이었다.

"이건 뭐죠, 술인가?"

찰랑찰랑.

영웅이 내민 병의 마개를 열고 냄새를 맡은 등천무제의 눈이 다시 크게 떠졌다.

영웅의 곁을 따라다니니 놀랄 일이 끊임없었다.

"왜요, 이것도 좋은 건가요?"

"고, 공청석유(空淸石乳)!"

"그것도 들어 봤어요! 하얀색 액체라고 하던데, 진짠가요?"

영웅의 물음에 고개를 끄덕이며 병을 바라보는 등천무제였다.

"그럼 대환단 드시고, 목 메면 이걸로 넘기세요."

"헉! 그, 그게 무슨 말입니까! 주군, 이건 한 방울로도 충분한 영약입니다!"

"에이, 쪼잔하게 겨우 한 방울이 뭡니까? 한 잔씩 하세요."

영웅의 말에 등천무제가 펄쩍 뛰며 말렸다.

"아, 안 됩니다! 공청석유는 가진 바 기운이 너무 강해 그렇게 한 번에 마시면 오히려 독이 됩니다. 한 방울씩 천천히 흡수해야 하는 영약입니다."

"아, 그래요? 그럼 이 잔에 있는 거 알아서 잘 분배하세요."

"이, 이렇게 많은 양을요?"

"이게 많아요?"

"그렇습니다! 남들은 평생 가도 한 방울 구경하기 힘든 게 바로 이 공청석유입니다!"

"에이, 여기 이렇게 많은데 어때요. 우리끼리 먹는 건데 아끼지 말자고요."

찰랑찰랑.

병 안 가득 들어 있는 공청석유를 흔들며 말하는 영웅이었다.

주군의 말이니 들어야 했다.

등천무제는 멍한 표정으로 고개를 끄덕였다.

이제 또 무엇이 나올지 겁나는 등천무제였다.

이번에 나온 것은 퀴퀴한 냄새가 나는 책자였다.

염화신공(炎火神功)

"여, 염화신공! 염화마제(炎火魔帝)!"

오늘 놀라기만 하는 등천무제였다.

"왜요, 유명한 사람입니까?"

이제 영웅의 저 무덤덤한 반응이 더 무서웠다.

자신이 아무리 경악해도 영웅은 대수롭지 않은 표정으로 웃어넘겼다.

"과, 과거 천하제일인이라 불리던 자의 무공입니다."

"그래요? 한번 배워 볼까?"

영웅의 말에 등천무제의 표정이 밝아졌다.

처음으로 영웅이 욕심을 내는 걸 본 것이다.

"당연한 말씀이십니다! 주군께서 익히셔야지요! 이건 절대로 다른 이에게 양보하시면 안 됩니다!"

"무제께서 익힌 무공보다 좋은 건가요?"

"당연하지요. 제 무공은 염화신공에 미치지 못합니다!"

자신의 무공을 격하하면서까지 열변을 토하는 등천무제였다.

등천무제의 말에 영웅은 책을 펼치고 읽기 시작했다.

책장 넘기는 소리만 들려왔다.

잠시 후, 책을 덮은 영웅은 손바닥을 펼쳤다.

화르륵-!

주먹만 한 크기의 불꽃이 영웅의 손바닥에서 일어났다.

"헉! 주, 주군! 지, 지금 무엇을 하신 겁니까?"

"익히라면서요?"

"서, 설마! 한 번 읽고 익히신 겁니까?"

"네. 뭐, 딱히 어렵진 않네요."

대수롭지 않은 표정으로 어렵지 않다고 말하는 영웅을 보며 넋을 놓은 등천무제였다.

지금까지 수많은 천재와 능력자 들을 봐 왔고, 자신 역시 그들 못지않은 천재 소리를 들으며 살아왔다.

하지만 영웅에 비하면 자신은 천재가 아닌 둔재였다.

옆에서 등천무제가 어떤 생각을 하는지 모른 채 영웅은 자신의 손에 집중하고 있었다.

손에 피워진 불꽃의 화력을 점점 강하게 키우는 영웅이었다.

열기가 점점 뜨거워지면서 방 안을 후끈하게 만들었다.

"음, 여기서 써 보기엔 좀 그러네."

아쉬운 표정으로 불길을 거두는 영웅이었다. 그러고는 자신의 다른 손에 들려 있는 책을 등천무제에게 건넸다.

등천무제는 이게 무슨 뜻인지 몰라 멍하니 서 있었다.

"받아요."

"소, 소신에게 왜 이것을? 보관하라는 뜻이옵니까?"

당연히 그리 생각했다.

"아니요. 익히시라고요. 강한 무공이라면서요."

"주군! 아, 아니, 어찌 이 귀한 것을 저에게 주신단 말입니까!"

"제가 그 무공이 없다 해서 누군가에게 당할 것 같나요?"

영웅의 질문에 등천무제가 격하게 고개를 저었다.

누군가에게 당할 리가 없었다. 영웅은 자신이 지금까지 경험한 모든 사람 중에서 가장 강했다.

"저는 딱히 그게 없어도 상관이 없고, 또 이미 다 머릿속에 들어 있으니 굳이 저한테 필요가 없네요. 무제께서 잘 연구하셔서 깨달음을 얻는 데 도움이 되면, 그게 더 나을 것 같네요."

"주군……."

영웅은 어차피 자신은 여기를 떠날 사람이기에 등천무제에게 비급을 건네준 것이다. 이곳의 무공이니 이곳 사람에게 맡기는 것이 가장 좋다고 생각했다.

또 등천무제가 강하면 이곳에 남아 있는 적염지왕의 안전에 도움이 될 것이다.

그런 걸 알 리 없는 등천무제는 인생에 있어서 최대로 감동하고 있었다.

무인에게 있어 최고의 선물이 바로 이런 절세 신공이었다.

이런 걸 아무런 욕심 없이 자신에게 건네주는 영웅에게 무한한 충성심이 샘솟는 등천무제였다.

"주군, 하해와 같은 이 은혜를 어찌 다 갚을지요. 소, 소신은……."

감동이 지나쳤나 보다.

눈물을 글썽이며 영웅을 바라보는 그의 눈은 어디서 많이 보았던 그런 눈빛이었다.

광신도의 눈빛.

등천무제의 눈빛은 그것이었다. 그 눈빛에 영웅이 당황했다.

"아, 아니, 그냥 내 사람이기도 하고…… 앞으로 잘 부탁한다는 뜻이기도 한데……."

"크흑! 주군! 방금, 방금 하신 말씀 다시 한 번만 더 해 주시겠습니까?"

"네? 무, 무슨 말요?"

"조금 전에 저에게 하신 말씀 말입니다!"

"내 사람?"

"크흑! 주군, 맞습니다! 저는 죽는 그날까지 주군의 사람입니다!"

자신이 단어 선택을 잘못한 것 같다는 느낌이 드는 건 왜일까.

영웅은 앞으로 등천무제에게 말할 때는 신중하게 단어를 선택해야겠다고 생각했다.

등천무제의 감정이 가라앉자 영웅이 눈치를 보며 남은 물건을 꺼낼까 말까 고민을 했다.

'아 씨, 이것도 막 대단하고 그런 물건은 아니겠지?'

이제 뭘 꺼내기가 겁이 났다. 꺼낼 때마다 너무 격하게 반응하니 부담스러웠다.

그래도 궁금한 것은 알아야 하니 눈을 딱 감고 꺼내는 영웅이었다.

"마지막은 이거예요. 빛이 나던데, 이게 뭔지 아세요?"

"헉! 야, 야명주!"

"아, 이거 이름이 야명주인가요?"

"이, 이것도 그곳에 있었습니까?"

"네, 동굴 사방에 박혀 있더라고요. 근데 이게 좋은 건지

나쁜 건지 알 길이 없어서 일단 몇 개만 빼 왔는데…….”

“없어서 못 사는 물건입니다! 주군 손에 들려 있는 야광주로 거대 장원을 사고도 돈이 남을 정도로 귀한 물건입니다! 그런데 그게 잔뜩 있다고요?”

역시 평범한 물건이 아니었다. 간신히 감정을 가라앉혔던 등천무제가 다시 흥분하고 있었다.

영웅은 그것도 등천무제에게 건넸다.

“여비로 쓰죠. 알아서 바꾸시고, 그 돈으로 편하게 다니죠.”

“아, 알겠습니다! 제가 알아서 처분하도록 하겠습니다!”

“그리 좋은 물건이라니, 가서 나머지도 전부 회수해야겠군요.”

“꼭 그러셔야 합니다!”

이렇게 영웅이 발견한 기연 동굴에서 얻은 물건들의 품평회가 끝이 났다.

영웅은 함박웃음을 지으며 건네받은 물건들을 정리하는 등천무제를 보면서 생각했다.

‘이거 괜찮은데? 앞으로 그런 특이한 지형이 보이면 투시로 살펴봐야겠어.’

사람 찾으러 다니는 것은 지루함의 연속일 테니 이런 소소한 재미라도 만들어야겠다고 생각하는 영웅이었다.

비선각의 각주는 책상에 있는 서류를 살펴보고 있었고, 그 앞에는 복면을 한 수하가 부복을 한 채 대기하고 있었다.

"흐음, 이것이 등천무제가 이번에 의뢰한 내용이라는 건 가?"

"그렇습니다."

"흠, 십이지왕 중 둘을 찾는 것이군. 이들은 지금 행방이 묘연한 상태지?"

"네, 알아본 바로는 최근에 활동한 흔적이 없습니다."

"등천무제와 연관된 점은?"

"그 역시 없습니다. 그냥 호기심에 그들을 찾는 것이 아닐 지요."

수하의 말에 각주가 심각한 표정으로 서류를 바라보며 말했다.

"등천문의 문주 자리를 사위에게 넘기고 곧바로 이들을 찾아 나섰다라…… 무슨 의미일까? 이거 오래간만에 흥미로운 일이군."

자신의 수염을 쓰다듬으며 연신 고개를 끄덕였다.

"이 건은 내가 맡겠다."

"네? 가, 각주께서 직접 말입니까?"

"응, 재밌을 것 같구나. 무언가 신나는 사건이 나를 기다리고 있을 것 같은 느낌이다. 후후, 이게 얼마 만에 느끼는 두근거림인지."

기대 가득한 표정으로 연신 서류를 읽고 또 읽어 보는 각주였다.

"이에 관련된 자료를 전부 내게 가져오도록."

"충!"

비선각의 각주는 수하를 내보내고 차를 한 모금 마시며 즐거운 웃음을 흘렸다.

"언제 터질지 모를 화약고 같은 강호에 도화선이 될 것인가, 아니면 새로운 바람이 될 것인가. 후후, 재밌겠어. 역시 이런 것은 직접 옆에서 봐야지."

5장

등천무제의 앞에서 한 사내가 환하게 웃으며 포권을 했다.

"처음 뵙겠습니다. 저는 비선각의 각주 담선우라고 합니다."

"허어, 반갑소이다. 내 생전에 그 누구도 본 적이 없는 비선각의 각주를 다 뵙고, 오래 살고 볼 일이구려."

"하하, 뭐 대단한 사람이라고 동네방네 떠들고 다니겠습니까."

"한데 각주께서 직접 오실 줄은 몰랐소이다. 혹시 우리가 의뢰한 것에 문제가 있는 것이오?"

"하하, 아닙니다. 그저 소인의 개인적인 관심이라고 할까요?"

"관심요? 무슨 뜻이오?"

"제가 좀 따라다녀도 되겠습니까? 의뢰 비용은 받지 않는 조건으로 말입니다. 물론, 요구하신 정보는 전부 최상위급으로 드리겠습니다."

"허어, 그렇게까지 해서 우리를 따라오겠다는 의도가 무엇이오?"

등천무제가 게슴츠레하게 눈을 뜨고 담선우를 노려봤다.

"의도라니요. 그런 것은 없습니다. 다만 저 또한 행방이 묘연한 태권각왕과 환영마왕에 대해 호기심을 느끼고 있었습니다. 그러던 차에 마침 의뢰가 들어온 것입니다. 이왕이면 혼자보다 여럿이 다니며 찾는 것이 더 즐겁지 않겠습니까?"

담선우의 말에 등천무제가 고개를 끄덕였다.

"흠, 하긴 정보 단체의 수장이라면 그럴 수도 있겠구려."

"맞습니다. 이놈의 호기심 때문에 명줄이 짧아지는데도 도무지 끊을 수가 없습니다."

"알겠소."

"허락해 주셔서 감사합니다."

담선우가 등천무제를 향해 공손한 자세로 포권을 했다.

그 모습에 등천무제가 손사래를 치며 다시 정정해 주었다.

"응? 아직 허락한 것은 아니오."

"네? 방금 알겠다고 하시지 않았습니까?"

"허허, 오해하셨구려. 아직 나의 주군께 허락을 받지 못하였소. 일단 주군께 허락을 받고…… 아니지, 어차피 같이 다녀야 하니 주군께 같이 갑시다. 인사부터 드리는 게 낫겠지."

"……네?"

순간, 담선우의 모든 동작이 일시 정지했다.

방금 귀로 듣고 머리로 뜻을 이해했음에도 사고가 정지되었다. 분명히 자신이 아는 단어들을 들었는데 순간적으로 이해가 되지 않은 것이다.

지금까지 수많은 정보를 취급하고 경험하고 느껴 왔지만 방금 그것은 처음 느껴 보는 충격이었다.

담선우가 간신히 입을 열었다.

"지, 지금 뭐라고 하셨는지?"

"허허, 이런, 내가 그대를 놀라게 했구려. 나에게 최근 평생 동안 모실 주군이 생겼소, 허허허허."

자신이 잘못 들은 것이 아니었다.

절대로 등천무제의 입에서 나와서는 안 될 단어가 아주 자연스럽게 나왔고, 또 그것을 말하며 아주 즐거워하고 있었다.

저 봐라, 주군이 생겼다면서 그것이 그리 기쁜지 입이 귀까지 걸린 채 웃어 댄다.

멍하니 등천무제를 바라보다가 고개를 흔들고 정신을 차린 담선우가 자신도 모르게 언성을 높여서 물었다.

"처, 천하의 삼제 중 한 분이신데 주, 주군이라니요? 노,

농담이 지나치십니다!"

"농담이라니! 나는 그 어느 때보다 진지하오."

담선우는 지금 이 상황이 믿기지 않았다.

'미친! 정말인가? 저 표정은 진짠데? 아닌가? 서, 설마 노망? 뭐지? 미친! 이, 이런 엄청난 정보가 왜 내게 보고가 안 된 거지?'

동공이 마구 흔들리며 머릿속이 복잡해지는 담선우였다.

수많은 정보를 담을 수 있는 머리와 그것을 순식간에 조합하여 답을 찾아내는 천부적인 재능으로 비선각의 각주까지 순식간에 올라간 입지전적인 인물이 바로 담선우였다.

그런데 그런 그가 지금 자신의 능력을 조금도 발휘하지 못하고 있었다.

그만큼 이날 이때까지 경험했던 충격 중에서 가장 큰 충격이었다.

그런 그의 심정을 이해한다는 표정으로 등을 토닥이며 달래 주는 등천무제였다.

"허허, 놀랍기도 하겠지요. 나도 맨 처음에는 그랬다오. 우리 주군을 보고 나서 느낀 그 감정은 정말이지 충격 그 자체였으니."

"네? 무, 무제께서는 어떤 것을 보고 그분의 밑으로 들어가셨는지?"

"흠, 무엇을 보고라…… 강자! 당연히 강한 자의 밑에 들어가야지요! 나 따위는 비교도 안 될 진정한 강자! 그 강한 힘에 매료된 것이지요. 허허, 뭐 지금은 인품에 더 깊게 매료되었지만."

천하의 등천무제를 힘으로 눌렀다는 이야기다.

현 중원에서 천하제일인에 가장 가깝다고 알려진 자가 바로 등천무제였다.

그런 그를 순수한 힘으로 제압했다니.

삼국지에 나오는 유비처럼 인덕으로 꾄 게 아니고 힘으로.

이걸 정말로 믿어야 하나 심각하게 고민하는 담선우였다.

⊶⊷

잠시 후, 영웅이 있는 방에 도착한 두 사람.

담선우는 긴장한 표정으로 문이 열리는 것을 지켜보았다. 그의 눈에 들어온 영웅의 첫 모습은 어렸다.

"주군, 손님을 모시고 왔습니다."

그의 말에 자신의 눈앞에 있는 영웅이 정말 등천무제의 주군이라는 사실을 알게 되었다.

"처, 처음 뵙겠습니다. 비, 비선각의 각주 담선우라고 합니다."

"아, 비선각! 하하, 안녕하세요. 저는 그냥 강영웅이라고 합니다."

영웅은 자기도 모르게 담선우에게 손을 내밀었다.

'아차, 여긴 현세가 아니지.'

순간적으로 자신의 실수를 깨닫고 중원의 인사법인 포권으로 재빨리 바꾸었다.

"그런데 비선각의 각주님께서 직접 오실 줄은 몰랐는데요?"

"주군, 안 그래도 그것 때문에 의논을 드릴 일이 있습니다."

"뭐죠?"

"비선각의 각주가 우리와 함께하고 싶다고 합니다. 그 대가로 우리에게 주는 모든 정보를 무료로 제공하겠답니다."

등천무제의 말에 영웅이 씩 웃으며 말했다.

"궁금하신가 봐요? 그들이 어디에 있는지. 그렇죠?"

단번에 자신의 의도를 파악한 영웅을 보며 고개를 끄덕였다.

"뭐, 같이 다니는 거야 어렵지 않죠. 사람 하나 더 늘었다고 힘들어지는 것도 아니고. 그러나 정보 이용료는 당연한 대가이니 받으세요."

팅—!

영웅이 튕긴 무언가가 담선우의 손으로 떨어졌다.

"헉! 이, 이건!"

"그거면 되죠?"

"과, 과합니다!"

"그럼 거스름돈은 앞으로 필요한 정보 이용료로 대신하죠."

담선우는 자신의 손에 있는 야명주와 영웅을 번갈아 보며 멍한 표정을 지었다.

그는 자신의 재능을 총동원해 순식간에 머릿속에서 영웅에 대한 정보를 정리했다.

등천무제를 이기는 강력한 무공에 그를 포용한 인덕, 그리고 지금처럼 돈에 연연하지 않는 대범함.

과연 등천무제가 주군으로 모실 만한 인물이라고 생각했다.

"표정을 보니 만족하셨나 보네요."

"헉! 죄, 죄송합니다, 저도 모르게."

"아니에요. 뭐, 이제 한배를 탔으니 앞으로 잘 지내봐요."

"가, 감사합니다. 누가 되지 않게 행동하겠습니다."

"그 전에 호칭부터 정리하고 가죠. 어찌 불러 드릴까요, 담 각주님? 담 대협?"

"주군, 그냥 간단하게 대협으로 하시죠."

"역시 그게 좋겠죠, 담 대협?"

"그, 그게 편하면 그렇게 불러 주시면 됩니다."

"네, 그런데 한 단체의 각주님이 이렇게 돌아다녀도 되는 건가요?"

"하하, 괜찮습니다. 저희 비선각이 어디에 있는지 아는 이는 없으니까요. 그리고 제가 있는 그곳이 곧 집무실이기도 합니다."

"아항, 하긴 그런 곳에 있으니 찾는 건 거의 불가능하긴 하겠네요."

"……네?"

영웅의 말에 담선우가 설마 아닐 거라는 표정으로 바라봤다.

"뭐가요?"

"바, 방금 그런 곳에 있다고…… 마, 마치 저희가 있는 곳을 아는 것처럼 말씀하셔서……."

"아, 맞다! 비밀이었지. 죄송합니다. 절대 비밀로 하겠습니다."

"저, 정말 아십니까?"

담선우의 말에 영웅이 잠시 머뭇거리다가 고개를 끄덕였다.

"그, 그럴 리가 없습니다! 저희가 있는 곳은 특이한 지형이라 감춰진 길이 아니면, 날지 않는 한 올 수 없는 곳입니다!"

열변을 토하며 말하는 담선우에게 영웅이 자신을 손가락으로 가리키며 말했다.

"제가 날 수 있거든요."

"……네?"

영웅을 만난 후로 계속 놀라기만 하는 담선우였다.

살아생전 이렇게 많이 놀라 본 적이 있던가.

이러다가 심장이 터질 것 같았다.

그렇지 않아도 아까부터 심장이 쉬지 않고 쿵쾅쿵쾅 뛰는 바람에 이제는 어지러울 지경이었다.

오늘따라 유독 피곤하다고 느끼는 담선우였다.

그런 담선우에게 영웅이 미소를 지으며 어찌 된 일인지 설명해 주었다.

"사실 그때 의뢰받으러 왔을 때 따라가 봤습니다, 궁금해서. 이런 얘길 해야 하나 말아야 하나 고민했는데, 미리 말해 두고 가는 게 서로에게 편할 것 같아서 말씀드리는 겁니다."

"그, 그럼 정말로 날아서 수하들을 따라오셨다는 겁니까?"

영웅은 그냥 보여 주기로 하고 천천히 몸을 공중으로 띄웠다.

"헉! 지, 진짜? 마, 말도 아, 안 되는…….."

천천히 공중으로 떠오르는 영웅을 보며 담선우는 기가 막힌 표정이 되었다.

정말이었다. 아무리 봐도 저건 경공이 아니었다.

정말로 하늘을 자유롭게 날아오르고 있었다.

"허허, 역시 주군께서는 대단하십니다! 허허허."

등천무제는 그런 영웅이 자랑스러운지 연신 웃었다.

담선우는 공중에서 다시 땅으로 내려오는 영웅을 보며 중얼거렸다.

"이게 무슨…… 꿈인가? 내가 지금 현실에 있는 건가?"

그 모습에 영웅이 고개를 흔들며 등천무제에게 말했다.

"많이 놀란 거 같은데 잘 좀 달래 주세요."

"네, 알겠습니다. 허허, 주군을 처음 보면 다들 저럴 겁니다. 앞으로는 익숙해지셔야 합니다."

등천무제의 말에 고개를 끄덕이고 담선우를 바라보며 말했다.

"그럼 내일 출발할 테니 담 대협께선 편히 쉬세요."

"아, 알겠습니다."

영웅의 방에서 나온 담선우는 등천무제를 간절하게 바라보았다.

그 모습에 등천무제는 피식 웃으며 오늘 밤은 긴 이야기를 해야겠다고 생각했다.

"술이 필요하겠군요."

부드럽게 웃으며 담선우에게 한 한마디.

그것이 곧 대답이었다.

⁂

꿀꺽꿀꺽.

사방에서 침 삼키는 소리가 들려오는 이곳은 어느 한적한

숲속이다.

지글지글-!

평평한 돌 위에 먹음직스럽게 익어 가는 고기들이 있었다. 냄새도 어찌나 좋은지 다들 시선이 고기에 고정된 채였다.

돌판 위에서 구워지고 있는 것은 바로 삼겹살이다.

"우와, 못 참겠습니다! 주군, 이건 무슨 고기입니까?"

"아, 삼겹살이라고, 돼지고기예요."

"허허, 소신이 지금까지 수많은 돼지 요리를 먹어 봤지만 이런 식의 요리는 처음입니다."

등천무제의 말에 옆에 있던 사람들이 일제히 동의한다는 표정으로 고개를 끄덕였다.

그랬다. 영웅은 현실로 가서 장을 봐 왔다.

오늘따라 유난히 삼겹살이 당겼기 때문이다.

"자 자, 이제 거의 다 익었군요. 여기다가 찍어 먹으면 됩니다. 드세요."

"가, 감사합니다!"

"너희도 먹어."

"네, 주군!"

말이 끝나기가 무섭게 젓가락들이 고기를 향해 돌진했다.

각자 든 삼겹살을 영웅이 꺼내 놓은 쌈장에 찍어서 입으로 가져갔다.

우물우물- 쩝쩝.

우적우적.

와구와구.

"헉, 으흥!"

"으음, 세상에!"

"우와! 우와!"

감탄사들이 사방에서 흘러나왔다.

"고기를 그냥 구웠을 뿐인데 이런 맛이라니! 주군, 소신 오늘 신세계를 경험하옵니다!"

"맞습니다! 이렇게 맛있는 음식은 난생처음입니다!"

"특히 이 양념이 고기를 더욱더 맛있게 해 주는 것 같습니다."

다들 행복해하며 맛있게 먹자 영웅도 행복했다.

역시 사 오길 잘했다고 생각하며 자신도 고기를 집어 먹었다.

"으음~ 역시 맛있어!"

그리고 꺼내 놓은 상추와 깻잎에 마늘과 밥을 넣고 고기 한 점을 얹어 포갠 뒤에 입으로 가져갔다.

으적으적- 우물우물- 쩝쩝.

영웅의 표정은 행복 그 자체였다.

그 모습에 너도나도 영웅이 한 것처럼 똑같이 쌈을 싸기 시작했다. 그리고 그들의 입에서 감탄사들이 끝도 없이 튀어나왔다.

"우와와! 세상에!"

"맛이 입 안에서 폭발합니다!"

"허허허, 노년에 이런 호사를 다 누리는군요."

황홀한 표정으로 입을 열심히 오물거리는 그들을 보며 영웅은 뒤에 두었던 대나무 통 하나를 꺼냈다.

뽕- 쪼르륵-!

영웅은 대나무 통 마개를 뽑아내고는 작은 잔에 그 안에 있던 내용물을 따라 주기 시작했다.

이것의 정체는 바로 소주였다.

이곳에서 소주병을 깠다가는 많은 설명이 필요할 것이기에, 일부러 대나무 통에 옮겨 담아 온 것이다.

"죽엽청입니까?"

"음, 그보다는 약한 술이에요. 그냥 술만 대나무 통에 담은 겁니다. 드셔 보세요."

영웅이 직접 따라 주고 권하는 술이었다.

등천무제는 벌써부터 감격한 얼굴로 술잔과 영웅을 번갈아 보고 있었다.

그 모습이 부담된 영웅은 재빨리 손을 흔들어 빨리 마셔 보라는 동작을 했다.

"어서 드세요."

영웅이 다시 권하자 조심스럽게 눈을 감고 술잔을 입으로 가져가는 그들이었다.

쭈우욱.

소주가 입술을 적시고 혀를 자극하며 목으로 넘어가자 자연스럽게 나오는 소리.

"크아아아!"

우적우적.

술 한 잔 들이켜고 곧바로 다시 쌈을 싸서 먹는 담선우였다. 알려 주지도 않았는데 알아서 잘 먹고 있었다.

그러면서 감동했는지 상기된 표정으로 계속 극찬했다.

"제가 정보를 취급하면서 중원의 모든 음식을 다 먹어 봤지만 이런 천상의 맛은 처음입니다! 저에게 새로운 하늘을 보여 주셔서 정말로 감사합니다."

"허허, 선우 말이 맞습니다. 무공도 강하고 돈도 많은데, 거기에 요리까지 잘하시니 소신은 그저 주군이 신으로 보일 뿐이옵니다."

"과찬입니다. 그런데 둘이 많이 친해지셨네요?"

"허허, 그냥 같이 늙어 가는 처지이니 호형호제하기로 했습니다."

호형호제라는 말에 담선우를 갸우뚱하며 바라보는 영웅이었다.

그 눈빛이 무엇을 말하는지 짐작한 담선우가 뒷머리를 긁적이고는 웃으며 말했다.

"하하, 제가 이래 봬도 나이가 좀 있습니다."

"아, 그래요?"

"주군, 선우 저놈의 나이가 지천명(知天命 : 50세)을 넘어섰습니다."

"우와! 엄청 어려 보이는데 정말입니까?"

영웅의 말에 담선우가 다시 머리를 긁적이며 말했다.

"하하, 어려 보이는 게 꼭 좋은 것만은 아닙니다."

"에이, 나이가 들어 보이는 것보단 낫죠. 아무튼 보기 좋군요. 처음과 달리 지금은 진심이 보여서."

처음에 본 담선우는 겉으로는 웃고 있었지만, 진심이 느껴지지 않는 가짜였다.

하지만 영웅에게 연달아 놀라면서 그것이 무너졌다.

나중에 영웅의 이야기를 등천무제에게 듣고는 그냥 자신을 놔 버렸다.

그게 지금 담선우의 모습이었다.

"역시 속일 수가 없습니다."

"제가 눈치가 좀 빠릅니다. 자 자, 고기 타겠어요. 어서 먹어요."

"네, 그럼 염치 불고하고 맘껏 먹겠습니다!"

그때부터 다들 편안한 표정으로 정말 배가 터지기 일보 직전까지 고기를 먹고 술을 밀어 넣었다.

그렇게 맛있는 저녁을 먹고 난 뒤에 앞으로의 일들을 의논하기 시작했다.

"저희가 알아본 바에 의하면 서장으로 향하는 길목에서 둘을 봤다는 정보가 들어왔습니다."

"서장? 아니, 거긴 왜요?"

"태권각왕과 환영마왕은 평소에도 이상한 것에 관심이 많았다고 합니다. 그리고 둘은 친분이 각별하여 어디를 가든 항상 같이 다녔다고 합니다."

왜 친했는지 그 이유를 너무도 잘 아는 영웅이었다.

"심지어 원하는 것도 같았는데, 이상하게 다른 차원이 있다고 믿고 있었습니다."

그럴 수밖에, 자신들이 다른 차원에서 넘어왔으니 그건 당연하였다.

"그거하고 서장에 간 이유하고 무슨 연결 고리가 있습니까?"

"서장에 있는 밀교가 그것을 알고 있습니다."

"뭐를요? 차원 이동?"

"정확하게는 소환술이지만, 아무튼 그들은 자신들이 원하는 정보를 얻기 위해 그곳으로 간 것이 아닐까 생각됩니다."

담선우의 말에 영웅이 한숨을 쉬었다.

"하아, 서장까지 가야 하나?"

날아서 간다고 해도 그 넓은 땅에서 두 사람을 뭔 수로 찾는단 말인가. 자신이 아무리 신적인 존재라 해도 안 되는 건 안 되는 것이다.

답답해하고 있다가 좋은 생각이 떠올랐다.

그들이 서장에 간 이유가 무엇인가.

바로 화이트 웜홀에 대한 정보를 얻기 위함일 것이다.

그렇다면 그 정보를 역으로 흘리면 된다.

마침 여기에는 정보 단체의 수장도 있으니 그에게 도움을 요청해도 될 터.

"제게 그들이 제 발로 찾아오게 할 좋은 생각이 떠올랐습니다."

영웅의 말에 사람들의 이목이 집중되었다.

"역으로 서장에 소문을 냅시다. 그들이 서장에 있다면 그 소문을 듣고 반드시 중원으로 올 겁니다. 담 대협이 좀 도와주셔야겠습니다."

"하하, 정말로 엄청난 계책이십니다. 말만 하십시오. 어떤 소문을 낼까요? 저희가 또 소문 퍼뜨리기에 일가견이 있습니다."

영웅은 말을 하기 전에 등천무제에게 양해를 구했다.

"등천문을 좀 팔겠습니다."

영웅의 말뜻을 알아들은 등천무제는 고개를 끄덕였다.

"등천문에 이상한 아지랑이 같은 것이 넘실대고 있다고 소문을 내 주십시오."

"그게 답니까?"

"네, 그거면 충분할 겁니다. 아! 그 아지랑이를 다루는 자의 이름이 이태준이라고 덧붙여 주십시오."

이태준을 찾기 위해 협회에서 그들을 보냈으니, 그 이름과 아지랑이라는 단어를 듣는다면 뒤도 안 돌아보고 달려올 것이다.

"알겠습니다. 그렇게 소문을 내겠습니다."

"부탁드리겠습니다."

"그럼 등천문에 가서 그들을 기다려야 합니까?"

"언제 올지 알고 하염없이 기다리나요. 그사이에 강호 구경 좀 하죠."

영웅의 말에 등천무제가 웃으며 말했다.

"본문에는 말해 두겠습니다. 태권각왕과 환영마왕이 본문으로 오면 귀빈으로 대접하고 꼭 붙잡아 두라고."

등천무제의 말에 영웅이 웃으며 말했다.

"그러지 않아도 적염지왕이 알아서 잡고 있을 겁니다. 일단 그들이 오면 바로 소식이 올 수 있게만 해 놓으세요."

"허허, 알겠습니다."

미끼를 던지고 그들이 나타나기만 기다리면 될 일이었다. 이것이 실패하면, 그 후의 일은 그때 가서 다시 생각하기로 하고 맘 편히 중원 유람을 해 보기로 한 영웅이었다.

그 전에 이들에게 먼저 말을 해 줘야 할 것이 있었다. 그것은 바로 자신의 정체였다.

말을 할까 말까 고민했지만, 그래도 확실하게 이야기를 하고 넘어가는 게 좋을 것 같았다. 말하지 않고 간다면 불편한 게 한둘이 아닐 것 같은 기분이 들어서였다.

"자 자, 무림으로 나가기 전에 여러분께 드릴 말씀이 있습니다."

"허허, 무엇입니까?"

"저의 정체를 말씀드려야겠지요."

"주군의 정체를 말씀입니까?"

등천무제의 물음에 영웅이 고개를 끄덕였다.

그러고 보니 자신의 주군의 정체가 무엇인지 확실하게 알지 못하고 있다는 생각이 든 등천무제였다.

사실 정체가 무엇이든 그것이 무슨 상관이겠냐마는, 궁금한 것은 궁금한 것이었다.

"주군의 정체라…… 소신은 딱히 상관은 없습니다만."

"제가 누구라고 생각하시지요?"

"허허, 이것 참. 저의 주군이시지요."

등천무제의 답에 영웅이 고개를 저었다.

그리고 등천무제를 똑바로 바라보며 말했다.

"저는 천무성주의 셋째 아들인 백군명이라고 합니다. 일단은 그것이 이곳에서의 제 정체입니다."

영웅의 말에 담선우가 깜짝 놀라며 말했다.

"천무성의 셋째 공자라면…… 서, 설마! 무, 무능공자?"

"무능공자? 아, 저도 들어 봤습니다. 그 어떤 것도 제대로 하는 것이 없어서 바보의 표본으로 불린다는…… 그것이 주군이라고요? 말이 됩니까? 무능하다는 분이 저를 가볍게 이기고, 제 무공을 한 번 본 것만으로 더욱더 강하게 펼치셨잖습니까? 그게 무능한 것입니까?"

등천무제가 흥분하여 말을 속사포처럼 내뱉었다.

그의 말에 담선우가 놀랐다.

'뭐라고? 천하의 등천패왕공을 한 번 본 것으로 그대로 따라 한 것도 아니고, 더욱더 강하게 전개했다고? 그, 그런 일이 있을 수 있는 거야?'

무공에 대한 상식을 완전히 파괴하는 말이었다.

한 번 보고 절세신공을 전개할 수 있다면 누가 그 힘든 수련을 비싼 영약을 먹어 가며 할까.

믿기지 않는 표정으로 영웅을 바라보는 담선우였다.

그런 담선우를 더욱 경악하게 하는 말이 연달아 이어지고 있었다.

"거기에 염화신공을 비급 한 번 훑어 본 것으로 전부 익히지 않으셨습니까? 그런 분이 무능하다니! 세상을 속이신 것입니까?"

이미 영웅을 향한 충성심이 극성까지 올라간 등천무제는 자신의 주군을 무능하다고 표현하니 참을 수 없는 분노를 느껴 이렇게까지 흥분한 것이다.

그리고 그런 등천무제의 이야기를 들은 담선우는 또다시

혼란에 휩싸이기 시작했다.

'여, 염화신공이라고? 여, 염화마제의 염화신공? 허……
갈수록 태산이구나.'

다시 머리가 어지러워지기 시작했는지 자신의 이마를 짚
는 담선우였다.

예상외의 격앙된 반응에 영웅은 흥분한 이들을 달래며 이
야기를 이었다.

"진정하시고. 사실 저는 이곳 사람이 아닙니다. 정신을 차
려 보니 이곳의 무능공자라는 사람과 몸 전체가 뒤바뀌어 있
더군요. 영혼이 아니라 몸 전체가."

"……그게 말이 됩니까?"

"아까 제가 두 사람을 찾는다고 했죠? 그들이 어느 순간
행동이 이상했다고 했죠? 그게 왜겠어요? 저와 같은 세상
에서 온 이들이기 때문입니다."

영웅은 등천무제를 바라보며 말했다.

"무제의 사위 역시 저와 같은 세상에서 온 자입니다."

"그, 그런……!"

정신을 차릴 수 없는 등천무제와 담선우였다.

대호와 일호, 이호는 이미 정체를 들었기에 딱히 놀라거나
하진 않았다.

"자네들은…… 이미 알고 있었나?"

등천무제가 아무렇지도 않게 앉아 있는 세 사람을 보며 묻

자 동시에 고개를 끄덕였다.

그 모습에 영웅의 말이 거짓이 아니라는 걸 깨달았다.

생각해 보니 이런 상식 외의 괴물이 갑자기 나타난 이유를 설명하자면 이게 가장 설득력 있기는 했다.

그렇다고 완전히 믿기에는 너무도 많은 것이 혼란스러웠다.

"믿으라고 하진 않겠습니다. 사실 이런 말을 하는 것도 그냥 저 편해지자고 한 것이니⋯⋯."

"저희가 다른 곳에 가서 이 사실을 동네방네 소문을 낸다면 어쩌려고 이러십니까?"

담선우의 말에 영웅이 웃으며 말했다.

"믿겠어요?"

담선우는 자기도 모르게 고개를 저었다.

직접 들은 당사자도 믿기지 않아서 정신을 못 차리는데 다른 사람이야 오죽하겠는가.

이것을 떠드는 그 순간 비선각의 명성은 땅에 곤두박질칠 것이다. 각주라는 자가 허무맹랑한 상상에 빠져서 미쳤다고 소문이 날 테니까.

아니, 그전에 문도들이 가만두지 않을 것이다.

등천무제 역시 그렇게 생각했다. 사람들에게 이 이야기를 해 봐야 자신이 노망났다고 생각하지, 믿지 않을 것이다.

그들이 진정할 때까지 잠시 기다린 영웅은 이어서 말했다.

"일단 이곳에서 저는 표면적으로 천무성의 셋째 아들이고 기억을 잃은 것으로 행동하고 있습니다. 그러니 이제부터 저의 행동에 이상함이 있어도, 이런 상황이라는 것을 미리 알고 있으면 이해하기 편하실 겁니다."

다들 말이 없었다.

"저를 꼭 따라오지 않으셔도 됩니다. 무제께서는 저를 주군으로 삼겠다는 말을 거두셔도 됩니다. 저는 괜찮습니다."

영웅의 말에 멍한 표정으로 서 있던 등천무제가 정신을 번쩍 차리며 고개를 세차게 저었다.

"그럴 수는 없습니다! 소신이 잠시 정신이 나갔었나 봅니다. 감히 주군의 말씀을 의심하다니! 이제부터 주군께서 무슨 말씀을 하시더라도 소신은 무조건 믿을 것이옵니다!"

등천무제의 말에 옆에 있던 담선우 역시 고개를 세차게 저으며 정신을 차리고 말했다.

"끝까지 따라갈 것입니다. 하하하, 이런 멋진 일이 제 인생에 또 있겠습니까? 부디 내치지만 말아 주십시오."

둘은 결연한 눈빛으로 영웅을 바라보았다. 영웅이 한 말은 분명 허무맹랑한 이야기였지만, 그것이 거짓이 아니라는 걸 느낀 것이다.

담선우에게는 이제 영웅이라는 사람이 인생에서 가장 중요한 사람이 되었다.

자신의 일생에서 가장 상상을 뛰어넘는 존재였으니까.

영웅은 그 뒤로도 패도연가의 이야기와 이런저런 이야기들을 했다.

⚔

　챵- 촤촹- 차촤촹-!

　금속 부딪치는 소리가 연신 들려오는 어느 깊은 산속.

　절벽 위에선 영웅을 포함한 다섯 사람이 아래에서 펼쳐지는 싸움을 지켜보고 있었다.

　무림에서는 시도 때도 없이 싸움이 벌어진다더니 정말이었나 보다.

　지금도 봐라.

　이런 대낮에 사람들이 칼부림을 하고 있었다.

　영웅이 그 모습을 바라보며 물었다.

　"이런 일이 비일비재한가요?"

　"하하, 이런 깊은 산속이라면 그럴 수도 있지요. 워낙에 치안이 좋지 않은 곳이니."

　"하긴, 그러니 다들 무기를 차고 다니겠지요."

　영웅은 다시 고개를 돌려 아래를 바라봤다.

　누가 봐도 한쪽이 불리한 상황이었다.

　문제는 저들을 도와도 되는 것인지 확실하지가 않다는 것이다.

"이런 경우엔 끼어들어도 되는 건가요?"

"보통은 끼어들지 않습니다. 하지만 지금 저들에게는 도움이 필요해 보이긴 하는군요."

등천무제의 말에 영웅이 말했다.

"그럼 도와줍시다. 보아하니 저 가운데에 있는 여인이 목적인 것 같은데, 여자를 노리는 놈들치고 좋은 놈들을 못 봐서요."

"하하, 알겠습니다. 소신에게 맡겨 주시옵소서."

"아니요. 대호, 너의 실력을 보여 줘. 할 수 있지?"

"충!"

어찌나 크게 소리를 치는지 아래까지 들렸나 보다.

금속이 부딪치는 소리가 멈춘 것을 보니.

아니나 다를까 시선이 전부 이쪽을 향하고 있었다.

그에 보답이라도 하려는 듯이 대호는 재빨리 몸을 날려 아래로 내려갔다.

대호가 자신들을 향해 내려오자 푸른 무복을 입은 남자가 정중하게 말을 했다.

"어디서 나타난 고인인지 모르겠지만 남의 일에 끼어들지 말고 가던 길 가시오. 그냥 간다면 딱히 위해를 가하지 않겠소."

"그럴 수 없다! 주군께서 저들을 도우라 하셨다!"

"쯧, 그러시오? 어쩔 수 없군. 쓸데없는 일은 사절인데…… 뭐 하냐, 저놈도 치워라."

"충!"

가운데에 푸른 무복을 입은 남자의 명에 검은 복면을 한 남자들이 일제히 검을 돌려 대호에게 달려들었다.

대호는 눈을 반짝이며 재빨리 검을 꺼내어 자신의 절기를 펼쳤다.

"비연백열참(飛燕百列斬)!"

슈슈- 슈슈슈- 슝-!

달려오는 검은 복면의 남자들에게 수십 개의 검기가 날아 갔다.

까강- 까가가강-!

현란한 몸놀림으로 대호의 절기를 모조리 튕겨 내는 복면 인들이었다.

그와 동시에 대호를 향해 일제히 공격했다.

대호는 자신의 검을 바로 세우고 그에 대응하기 시작했다.

"큭! 제법 하는 놈들이었군."

채챙-! 차차차창-!

대호는 자신을 향해 날아오는 수십 개의 검을 정신없이 쳐 냈다.

그러다가 잠시 빈틈이 보이자 재빨리 몸을 부풀렸다.

기를 증폭하여 자신의 검으로 보내기 위함이었다.

"비연광뢰참(飛燕狂雷斬)!"

파팍-!

쩌적- 쩌저저적-!

대호의 기운을 잔뜩 머금은 검이 땅에 박히며 사방으로 갈라지기 시작했다.

그리고 땅속에서 환한 빛이 새어 나왔다.

쾅쾅쾅쾅-! 쿠르르르르-!

환한 빛과 함께 대호 주변의 모든 곳에서 엄청난 폭발이 일어났다. 대환단을 흡수하고 등천무제에게 지옥 같은 수련을 받은 뒤로 일취월장을 한 대호였다.

"크흑!"

"고, 고수였나!"

대호의 엄청난 무공에 그의 주변을 빙 둘러싸던 검은 복면인들이 튕겨 나가며 바닥에 쓰러졌다.

사방에서 고통스러운 앓는 소리가 들려왔다.

그 모습에 푸른 무복을 입고 있던 자의 표정이 굳었다. 생각보다 강한 무인이 등장했기 때문이다.

표정이 굳는 것을 목격한 검은 복면인들이 두려운 표정으로 재빨리 몸을 일으키며 대호의 주변을 다시 둘러싸고 살기를 뿜었다.

"고수였군. 하긴 본인 무공에 자신이 없다면 이렇게 남의 일에 끼어들지도 않았겠지. 하지만 그것은 너의 자만이었다."

그리 말하며 푸른 무복을 입은 남자가 앞으로 나섰다.

"쯧쯧, 쓸모없는 것들. 이래서 아직 수련 중인 것들을 데리고 임무를 나서면 안 된다고 누누이 말을 했거늘. 에잉, 모두 물러나라!"

"추, 충!"

다들 잔뜩 겁을 먹은 얼굴로 물러나기 시작했다. 검은 복면인들은 아마도 정예가 아닌 수련생의 신분들 같았다.

수련생임에도 대호를 당황하게 할 정도의 무력이 있었다.

"크크, 그래도 별 볼 일 없는 임무라 살짝 짜증이 났는데, 이런 재미난 상황이 벌어질 줄은 몰랐네."

환하게 웃으며 대호의 앞으로 걸어오는 푸른 무복의 남자. 그는 대호를 바라보다 고개를 갸웃거리며 물었다.

"한데 한 번도 못 본 인물 같은데…… 무림 초출이신가?"

"아니다. 그대는 누구인가?"

대호가 긴장한 얼굴로 묻자 푸른 무복의 남자가 씩 웃으며 말했다.

"이거 참, 소속을 말하면 보통 겁을 먹고 도망을 가더라고."

남자가 너스레를 떨며 말하자 대호가 뒤로 물러난 검은 복면인들을 보며 말했다.

"천무성? 척살단?"

대호의 말에 다들 깜짝 놀란 표정을 지었다.

특히 푸른 무복의 남자는 정말로 흥미로운 표정으로 대호를 바라보았다.

"하하, 이런. 제법 눈썰미가 있는 놈이구나. 어찌 알았느냐? 대답에 따라 네놈의 고통의 강도를 정하지."

어린아이를 달래듯 말하고 있었지만, 그 내용은 그렇지 않았다.

그런 그의 말에 코웃음을 치면서 상세하게 설명해 주는 대호였다.

"천무성의 척살단은 단원임을 증명하기 위해 손목에 뱀 문신을 하지. 당신을 포함해 이곳에 있는 자들 전부가 문신을 하지 않았는가."

"호오, 그것까지 안다는 말인가? 이거 네놈의 정체가 더욱더 궁금해지는구나. 크크크, 맞다. 우리는 천무성의 척살단이다. 우리의 정체를 알았으니 이제 살 수 없다는 것도 알겠구나."

푸른 무복의 남자가 자신의 입술을 핥으며 맛있는 음식을 보는 표정으로 대호에게 말했다.

그러자 대호가 대수롭지 않은 말투로 대답했다.

"알지. 척살단은 음지에서 천무성의 온갖 더러운 일을 처리하는 자들. 그들은 절대로 세상에 알려지면 안 되기에 목격자를 살려 두지 않지."

"관계자가 아니면 모르는 그런 세세한 것까지 자세히 알다니. 더욱 네놈의 정체가 궁금해지는구나. 하나, 네놈의 지금

태도는 영 맘에 들지 않는구나. 일단 네놈의 사지를 잘라 놓고 대화를 나누자꾸나."

대호를 향해 한껏 살기를 내뿜으며 그에게 더욱더 다가가려 몸을 움직이기 시작했다.

그때 뒤에서 이들과 전투를 벌이던 자들이 대호의 뒤에 서며 말했다.

"은인, 감사합니다! 저희도 돕겠습니다!"

그들의 말에 대호가 저 멀리서 자신을 바라보는 등천무제를 바라보고는 고개를 저었다.

"여기는 제가 맡을 테니 다친 이들과 함께 어서 피하시오."

"아니 될 말씀입니다! 어찌 은인을 여기에 두고 저희만 피하겠습니까! 절대로 그럴 수는 없으니 그런 말씀은 거둬 주십시오."

강직한 자들이었다. 정파의 표본 같은 얼굴과 말투를 하고 있었다.

그들을 바라보며 정말 재밌다는 표정으로 푸른 무복의 남자가 말했다.

"크크크, 다 같이 덤벼도 상관없다. 어차피 다 죽을 놈들이니, 내가 누구인지 말은 해 주지. 나는 척살단 부단주 여광이라 한다."

푸른 무복이 자신의 정체를 밝히자, 그곳에 있던 모든 이가 화들짝 놀라며 뒤로 물러섰다.

"참마검(斬魔劍) 여광!"

"마, 맙소사! 참마검이라니……."

"제, 제길! 하필이면 저자라니……."

참마검 여광.

강호 백대고수 중 한 명으로, 경지는 대략 화경 초입에 내공 수위는 오 갑자에 이르는 것으로 알려져 있었다.

명성보다 더 유명한 것이 바로 그의 잔혹한 손 속이었다.

사파 무리보다 더 잔혹한 손 속으로, 그를 만난 이들은 하나같이 멀쩡한 사람이 없었다.

그리고 그런 잔인한 점이 오히려 그의 명성을 더욱더 높여 주었다.

문제는, 그는 소속이 없는 무인으로 알려져 있었는데 오늘 그 정체가 드러난 것이다.

"참마검이 천무성 소속이라니."

"천무성이 어찌 우리에게 이러는 것이오!"

"정파의 기둥이 이런 짓을 해도 되는 것이오?"

뒤에 있던 자들이 놀란 얼굴로 한마디씩 했다.

그 모습에 그는 정말로 즐거운 표정으로 허리에 걸려 있는 검을 향해 손을 가져갔다.

"크크! 그래, 실컷 떠들고 유언도 남겨라. 그 정도 아량은 베풀어 주지. 자, 양껏 떠들어 보렴."

스르릉—!

참마검이 검을 꺼내 들었다. 검 면에 악귀의 형상이 새겨져 있고, 가운데에 구멍이 뚫려 있는 그의 애검이었다.

검에서 울려 나오는 검명이 마치 피를 갈구하는 악마의 웃음소리처럼 들렸다.

"왜 갑자기 조용해지느냐? 유언을 다 지껄였느냐? 살려 달라는 소리는 하지 말거라. 아쉽지만 오늘 이곳에 있는 자들은 한 명도 살아 나가지 못한다."

그리고 자신의 뒤에 있는 복면인들에게 말했다.

"한 놈도 여기서 빠져나가지 못하게 하도록. 한 놈이라도 놓친다면 네놈들 전부를 이 자리에서 참할 것이다."

"충!"

검은 복면인들의 눈빛이 달라졌다. 이제 저들도 자신의 목숨이 걸려 있으니 정말로 최선을 다해 움직일 것이다.

그 모습에 다들 침을 꿀꺽 삼켰고 잠시간 동안 고요함이 지나갔다.

그리고 그런 고요함을 깨는 불행의 목소리가 들려왔다.

"더는 할 말이 없는 것 같으니 이제 시작하자고."

웅웅웅웅—!

참마검의 검이 공명하기 시작했다.

"크크, 오냐. 곧 피 맛을 보게 해 줄 테니 진정하거라."

자신의 검을 잠시 쓰다듬더니 예고도 없이 대호가 있는 곳을 향해 검을 휘둘렀다.

후웅-!

쩌엉-!

"크윽!"

갑작스러운 공격을 검으로 재빨리 막으며 뒤로 튕겨 나가는 대호였다.

대호는 순식간에 50보 밖으로 밀려 났다. 밀려 난 거리만큼 대호가 밀려 난 자국이 바닥에 선명하게 새겨져 있었다.

과연 백대고수답게 엄청나게 강했다.

이제 갓 초절정에 들어선 대호로서는 감당하기 벅찬 상대였다. 그것은 방금 한 수로 절실하게 깨달았다.

대호의 입에서 한 줄기 피가 흘러내렸다.

"이런, 이런. 가볍게 휘두른 검에 내상을 입으면 어쩌나? 어때, 이제 좀 후회가 밀려오나? 괜히 참견했다는 뭐 그런 후회."

자신이 강해졌다고 생각했지만 아직 멀었다는 것을 깨달은 대호였다. 그래도 두려움은 없었다.

자신의 뒤에서 주군이 지켜보고 계시니까.

대호가 당당하게 소리 쳤다.

"후회 따윈 없다! 나는 오로지 주군의 명을 따를 뿐이다!"

그 모습에 참마검이 한쪽 입가를 말아 올리며 물었다.

"주군? 오호, 네놈의 주군이 저들을 보호하라고 너를 보낸 것이냐?"

"네놈에게 대답할 의무는 없다!"

"하하하! 그래그래, 어디 사지가 찢어지는 고통 속에서도 그렇게 당당한지 내가 이 두 눈으로 똑똑히 봐 주지."

아래에서 대호와 참마검이 살벌한 대화를 나누고 있을 때, 절벽 위에선 영웅이 등천무제와 대화를 나누고 있었다.

"저들이 천무성의 무인들이라는군요."

"네, 저도 그렇게 들었습니다."

"흐음, 일단은 기억을 잃은 것으로 가고 있으니 저들에게서 천무성에 대한 정보를 좀 얻어야겠습니다."

"정말로 천무성에 가 보려고 그러십니까?"

"당장은 아니지만, 왠지 그냥 가자니 찝찝해서요. 그리고 아버지라는 사람이 쓰러져 있다는데, 정리를 해 주고 가는 것도 나쁘진 않을 것 같아서요."

"허허, 알겠습니다. 소신이 내려가서 정리해 두겠습니다."

"아니요. 무제의 명성은 사해를 진동한다고 들었습니다. 무제께서 이럴 때마다 나서면 오히려 시끄러워질 가능성이 큽니다. 이런 일은 명성이 없는 제가 나서는 것이 가장 깔끔하겠지요."

"알겠습니다."

"아! 그리고 앞으로도 웬만하면 정체를 숨겨 주세요. 주목받는 걸 별로 좋아하지 않으니까."

"아, 알겠습니다. 그런 앞으로 그냥 노복이라고 불러 주십시오."

"그래도 되겠어요?"

"허허, 소신은 주군의 견마입니다. 노복이 뭐가 어떻습니까."

"하아."

영웅은 한숨을 쉬었다.

여전히 불편했다. 중원에서 명성으로는 첫째가는 자가 뭐가 아쉬워서 자꾸 자기를 주군이라고 부른단 말인가.

아무리 생각해도 이해가 되지 않는 사람이었다. 역시, 빨리 일을 끝내고 돌아가는 것이 최선이라고 생각했다.

"알겠어요, 노복."

"허허허, 듣기 좋군요."

콩깍지가 제대로 쓰인 등천무제는 영웅이 뭐라 해도 좋아했다.

그런 등천무제의 말에 고개를 절레절레 흔들며 아래를 바라보는 영웅이었다.

"그럼 내려가죠."

"네."

타탓-!

영웅이 바닥으로 내려오자 대호가 기다렸다는 듯이 고개를 숙이며 외쳤다.

"주군, 어찌하여 내려오셨습니까?"

"응, 여긴 왠지 내가 해결해야 할 것 같은 기분이라서. 고생했다, 쉬어라."

"충!"

대호의 머릿속에서 참마검은 사라진 상태였다.

참마검이 어이가 없는 표정으로 대호를 잠시 바라보다가 주인이라는 자에게 시선을 돌렸다.

어렸다. 그리고 어디서 많이 본 얼굴이었다.

참마검이 고개를 갸우뚱하면서 영웅에게 물었다.

"그대가 저자의 주인인가?"

"그렇다면 어찌할 거냐?"

영웅의 말에 참마검이 실소했다.

아무리 살펴봐도 실력이 있는 자가 아니었다. 심지어 내력을 숨기지도 않았다. 대놓고 드러내고 다녔다.

"내력을 숨기는 법도 안 배웠나 보군."

"응? 내력을 숨길 수도 있었어?"

영웅이 정말이냐는 표정으로 묻자 대호가 대답했다.

"네, 전에 알려 드린다고 하니 그딴 거 필요 없다고 하셔서……."

대호의 말에 영웅이 곰곰이 생각했다.

"주군, 무림에서 가장 중요한 것이 내력을 숨기는 겁니다.

그래야 상대방을 혼란스럽게 할 수 있습니다."

"그딴 걸 왜 숨겨. 됐어."

기억이 났다.

다시 생각해 봐도 쓸데없는 짓이었다.

그런 건 약한 애들이나 하는 것이다.

자신은 중원 전체가 덤벼도 상관없었다.

자기들이 덤벼 봐야 어쩌겠는가.

맞고 울기밖에 더 하겠는가.

"다시 생각해도 그건 쓸데없는 짓인 거 같다."

그리 말하고는 다시 참마검에게 고개를 돌렸다.

"너, 천무성 사람이라며? 나 몰라?"

영웅의 말에 참마검이 게슴츠레하게 눈을 뜨고는 영웅을
살폈다. 그러다가 생각났는지 두 눈을 크게 뜨며 말했다.

"삼 공자?"

영웅은 고개를 끄덕였다.

그 모습에 참마검이 어이가 없는 표정으로 실소를 했다.

"하하하하, 미치겠군. 삼 공자라고? 무능한 그 삼 공자?"

"무능이란 말은 아무리 들어도 기분이 나쁘네. 그건 좀 빼
주지?"

영웅이 하는 말은 가뿐하게 무시하고는 대호를 비웃으며
바라보았다.

"크크크, 어쩐지 우리의 정체를 쉽게 알아내더라니, 같은 식구였군. 네놈도 참 불쌍하구나. 하필이면 모신 주인이 저 딴 무능한 놈이라니."

"무엄하다! 감히 주군께 그런 망발을 하다니!"

대호가 흥분하며 앞으로 나서려 했다.

그런 대호 앞에 영웅의 손이 불쑥 나타났다.

"진정하지? 내가 맡는다고 했잖아."

"죄송합니다. 소신이 잠시 흥분하여…….."

"괜찮아. 다 날 생각해서 나선 건데 이해한다."

둘의 대화를 가만히 듣고 있던 참마검이 다시 웃었다.

"크크크, 가지가지 하는구나. 어떠냐? 아까 보니 너의 무공은 꽤 쓸 만하였다. 나를 따라오지 않겠느냐? 내 저 무능한 인간보다 몇만 배는 뛰어난 분을 소개해 주겠다."

참마검이 크게 인심을 쓰는 척하며 거만하게 말했지만, 대호는 대꾸할 가치도 없다는 듯 뒤로 물러나 입을 다물었다.

"쯧쯧, 방금 너는 네 인생에 온 가장 큰 기회를 놓친 것이다. 크크, 잘되었군. 공자, 지금 천무성에서 가장 많은 현상금이 걸려 있는 자가 누군지 아시오?"

"그게 설마 나야?"

"하하하, 무능하다더니 의외로 눈치가 빠르시구려."

"무능하지 않다니까. 자꾸 짜증 나게 하네? 너 그러다 진짜 혼난다."

"크하하하, 좋소! 내 검을 피한다면 내 공자를 못 본 척해드리리다. 어떻소, 해 보시겠소?"

참마검이 비릿한 웃음을 지으며 영웅에게 말했다.

"하아! 넌 안 되겠다. 좀 맞자."

영웅이 주먹을 쥐었다 폈다 하며 앞으로 나서자 참마검이 가소로운 표정을 지으며 말했다.

"때릴 수는 있고?"

참마검의 말이 끝나기가 무섭게 영웅의 몸이 순식간에 참마검의 코앞으로 이동했다.

슈팍-!

"응, 이제부터 때려 보려고."

"헉!"

갑작스럽게 자신의 눈앞에 나타난 영웅을 보며 놀란 표정을 짓는 참마검이었다.

하지만 이미 늦었다. 영웅의 주먹이 그의 복부를 향해 날아가고 있었다.

퍼억-!

북 터지는 소리가 사방으로 울려 퍼졌다.

"커헉!"

참마검의 등이 새우처럼 꺾이며 공중으로 떠올랐다.

공중으로 뜬 참마검을 향해 영웅의 주먹이 현란하게 움직이기 시작했다.

“속도는 곧 힘이지.”

슈슈슈슈슈슉-!

주먹이 보이지도 않는 속도로 참마검을 향해 날아갔다.

퍼퍼퍼퍼퍼퍽-!

허공에서 몸이 이리저리 꺾이며 무언가에 맞는 참마검이었다.

쿠당탕탕-!

“쿨럭! 쿨럭! 이, 이게 무슨?”

마지막 주먹을 맞고 날아간 참마검이 피가 섞인 기침을 하며 경악한 표정으로 영웅을 바라보았다.

자신이 누구인가.

중원 백대고수 중 한 명이었다.

그런데 무능하다고 소문이 자자한 천무성의 삼 공자에게 정신없이 얻어맞았다. 심지어 어찌 맞았는지 보이지도 않아서 진짜로 자신이 맞은 건지 아닌지 구분도 되지 않았다.

참마검이 고개를 흔들며 정신을 차리고 말했다.

“그대는 누구시오?”

“갑자기 말투가 공손해졌네? 왜 아까처럼 계속 삼 공자, 무능공자 지껄여 보지, 응?”

영웅이 비꼬거나 말거나 참마검은 긴장한 표정으로 그를 바라보았다.

핑-!

영웅의 손가락에서 무언가가 튕겨 나갔다.

자신을 향해 날아오는 무언가에 위기를 느낀 참마검이 재빨리 검을 주워 들어 그것을 막았다.

쩌엉–! 주르륵–!

"크윽!"

영웅이 가볍게 날린 지공을 막았음에도 참마검의 몸이 뒤로 밀려 났다. 그가 밀려 난 자리에 깊게 파인 자국이 그가 얼마나 밀려 났는지를 보여 주고 있었다.

참마검의 얼굴은 경악으로 바뀐 상태였다.

조금 전의 한 수로 그는 깨달았다. 자신이 상대할 수 없는 절대강자라는 사실을 말이다.

무능공자라더니 절대 아니었다. 저런 자가 어찌 무능하단 말인가!

아까 자신이 느꼈던 내력도 전부 다 거짓이었다. 자신이 느낀 영웅의 내력은 고작 20년이었다.

20년 내력으로는 이런 위력을 낼 수 없었다.

'일부러 내력을 적게 방출하면서 나를 속인 것인가?'

그렇게밖에 생각할 수 없었다.

"에이 씨, 20년 내력으로는 이 정도밖에 위력이 안 나오네."

"쿨럭!"

자신을 속인 것이라 생각하며 위안 삼으려 했는데 그것이 아니었다.

오히려 위력이 약하다고 투덜대고 있었다.

"야, 약하다고?"

믿을 수 없었다.

방금 그 약하다는 한 수에 자신은 목숨을 잃을 뻔했다.

온몸에 식은땀이 줄줄 흘렀다. 일생일대의 위기라는 생각이 들었다.

참마검의 얼굴은 일그러질 대로 일그러진 상태였다.

그의 눈이 빠져나갈 구멍을 찾기 위해 현란하게 움직이기 시작했다.

승산이 없는 싸움으로 개죽음을 당할 바엔 도주라도 해서 조금이라도 살 수 있는 확률을 높이려는 것이다.

'큭, 여기까지 어찌 올라왔는데 개죽음을 당할 수는 없지. 무엇보다 대장로에게 이 사실을 알려야 한다. 삼 공자의 간악한 실체를 반드시 알려야 한다.'

"눈깔이 아주 현란하구나. 네놈이 나를 피해 도망갈 수 있다고 생각하는 거야?"

영웅의 말에 참마검이 인상을 찡그리며 말했다.

"그건 해 보지 않고서는 모르는 일이 아니오?"

"그렇지, 그건 좋은 말이네. 어디 한번 해 봐."

후웅—!

말과 동시에 영웅이 손을 흔들었다.

퍼억-!

"커헉!"

참마검의 몸이 무언가에 충격을 받아 빙글빙글 돌면서 허공으로 솟구쳤다. 마치 보이지 않는 회오리바람에 휘말린 모습이었다.

극성까지 익힌 묵룡파천신공을 가볍게 선보인 것이다.

쿵-!

"쿨럭!"

바닥으로 떨어진 참마검은 한 움큼의 피를 뱉어 내며 바닥에 주저앉았다. 하지만 그의 눈에선 독기가 전혀 빠지지 않았다.

"눈빛이 맘에 안 드는데?"

영웅이 참마검의 눈을 보더니 인상을 찡그렸다.

참마검은 그러거나 말거나 자신의 검을 있는 힘껏 움켜쥐고는 기를 모으기 시작했다.

해 볼 수 있는 건 일단 다 해 볼 참이었다.

웅웅웅웅-!

검에 푸르스름한 강기가 맺히고, 진동하기 시작했다.

"참마진강(斬魔進强)!"

쿠와와왕-!

모든 것을 베어 버릴 것 같은 강기가 영웅을 향해 날아갔다.

후웅–!

영웅은 손을 휘둘러 가볍게 자신을 향해 날아오는 강기를 옆으로 밀어 냈다.

힘으로 튕겨 낸 것도 아니고 살짝 밀어 낸 정도였다. 그 정도 힘으로도 참마검의 검강은 본래의 진로를 벗어나 엉뚱한 곳으로 방향을 바꾸었다.

강으로 강을 제압하는 것이 아닌, 부드러움으로 강을 제압한다는 유능제강이었다.

물론 영웅이 그것을 알고 한 건 아니었지만.

쿠콰콰콰쾅–! 쿠르르르르–!

집채만 한 바위가 박살이 나며 무너져 내리고 있었다.

분명 엄청난 광경이었지만 다른 사람들 눈에는 그게 들어오지 않았다.

"크윽! 역시 그동안 정체를 숨기고 살아오신 것이군요. 크크크, 이런 무공을 지니고도 그동안 숨기느라 얼마나 답답하셨습니까."

참마검이 감탄하며 말했다. 방금 영웅이 보여 준 한 수는 따라 한다고 따라 할 수 있는 것이 아니었다.

"뭐라고 자꾸 중얼거리는 거냐? 알아듣게 얘기해, 알아듣게."

영웅의 귀가 그 소리를 못 들었을 리 없었다.

그냥 하는 소리였다.

"크큭! 이것도 받아 보시오!"

다시 검을 움켜쥔 참마검이 검을 검집에 집어넣더니 발도술의 자세를 취했다. 그리고 영웅을 도발했다.

"이것은 절대로 피하지 못할 것이오."

그리 말함과 동시에 참마검의 기세가 안정되기 시작하더니 이윽고 아무것도 느껴지지 않는 무의 상태가 되었다.

그리고 언제 뽑아 들었는지도 모르게 이미 검이 세상 밖으로 나와 있었다.

"신속천살참(神速天殺斬)."

마지막 초식을 날리며 참마검은 눈을 감았다. 자신이 가진 모든 것을 방금 그 초식에 담아 날렸기에 미련은 없었다.

그런데 맞는 소리가 들려오지 않았다.

'피한 것인가?'

살포시 눈을 떴다.

"헉!"

그리고 참마검은 화들짝 놀랐다. 바로 눈앞에서 영웅이 얼굴을 들이밀며 쳐다보고 있었기 때문이다.

"다 했냐?"

영웅의 말에 참마검이 자신도 모르게 고개를 끄덕였다.

"그럼 이제 내 차례네, 그렇지?"

참마검이 고개를 저었다. 왠지 그렇다고 대답하면 안 될 것 같은 느낌이 강렬하게 들었다.

"아니야, 내 차례 맞아. 너만 공격하고 재미를 보고 그러면 불공평하지, 안 그래?"

참마검이 다시 고개를 저으려고 할 때 정강이 쪽에서 엄청난 고통이 밀려들어 왔다.

빠각―!

그리고 참마검의 귓가를 때리는 섬뜩한 소리.

"크흑!"

밀려오는 고통에 참마검은 이를 꽉 깨물며 버텼다.

고통 속에서도 억지로 입을 열어 말했다.

"크크크, 이런 고통으로는 나를 굴복시키지 못하오."

"그렇지? 나도 그렇게 생각해."

우두둑―!

"끄으윽!"

이번엔 더 엄청난 고통이 무릎에서 올라왔다.

발이 기이하게 꺾여 있었다.

"크크큭! 열심히 해 봐라! 저, 절대로 나는 굴복하지 않는다!"

고통 속에서도 목소리에 힘이 전혀 빠지지 않았다.

"좋은 자세네. 좋아, 네가 언제까지 버티나 보자."

참마검은 훗날 자신의 일대기에 이런 말을 적었다.

그때 개기지 말았어야 했다. 내 인생에서 가장 후회되는 순간이었다.

"리스토어."

우우웅ㅡ!

영웅의 손에서 빛이 생성되며 참마검의 몸을 원상태로 만들고 있었다.

그 모습을 지켜보는 주변 사람들의 표정은 제각각이었다.

참마검과 같이 나온 검은 복면을 쓴 척살단은 기절한 사람이 속출할 정도로 극한의 공포를 느꼈다. 왠지 다음 차례는 자신들일 것 같은 기분이 들었기 때문이다.

그리고 영웅에게 도움을 받은 사람들의 눈에도 역시나 공포가 잔뜩 깃들어 있었다.

등천무제와 비선각의 각주인 담선우 역시 경악한 표정으로 영웅을 바라보았다.

이들이 이렇게 공포에 빠진 이유는 다른 것이 아니었다.

영웅은 참마검의 온몸의 뼈란 뼈는 전부 박살을 내 놓고 다시 리스토어로 원상 복구했다.

그때 사람들은 일차로 놀랐다.

죽은 것이나 다름없는 사람을 원상 복구하다니.

영웅이 신으로 보였다.

특히 리스토어를 사용할 때 영웅의 몸에서 나오는 빛이 더욱더 그렇게 생각하게 했다.

신이라 생각했던 마음은 두 번째 리스토어를 전개할 때 흔들렸고, 지금 세 번째 리스토어가 전개될 때 그들의 마음속에 영웅은 마신이 되어 있었다.

한편, 참마검은 다시 몸이 상쾌해짐을 느꼈다.

문제는, 그 상쾌함이 남들이 아는 상쾌함이 아니었다는 것. 참마검에게는 그 이상의 공포가 없었다.

이 상쾌함이 끝나면 다시 끝나지 않을 고통이 이어질 것이다.

"자, 다시 시작해 볼까?"

6장

영웅이 소매를 걷어붙이는 시늉을 하자 참마검이 번개 같은 속도로 영웅의 다리를 붙잡았다.

"어쭈? 동작이 매우 빨라졌는데. 놓지?"

"자, 잘못했습니다!"

"응? 왜 이래? 아직 더 버틸 수 있잖아. 아까 전의 패기는 다 어디 갔어?"

"아, 아닙니다! 버틸 수 없습니다! 제, 제가 다 잘못했습니다. 태어난 것도 잘못했습니다. 살아 있어서 죄송합니다! 제, 제발 그, 그만……."

제정신이 아니었다.

동공이 사정없이 떨리고, 연신 죄송하다는 말과 함께 영웅의 다리에서 떨어질 생각을 하지 않는 참마검이었다.

"그만하면 뭘 해 줄래, 응?"

남들의 귀에는 그 말이 악마의 속삭임으로 들렸고 참마검의 귀에는 구원의 소리로 들렸다.

영웅의 말에 참마검은 기다렸다는 듯이 애절하게 외쳤다.

"뭐, 뭐든 말씀만 하십시오! 제가 할 수 있는 것은 그것이 무엇이든 다 하겠습니다!"

"흐음."

영웅의 반응이 시원찮은 것을 느낀 참마검은 다급했다.

그는 재빨리 엎드리며 말했다.

"겨, 견마가 되겠습니다! 부, 부디 받아 주십시오!"

"널 뭘 믿고?"

"그, 그건……."

참마검이 울상인 얼굴로 열심히 머리를 굴렸다.

그런 참마검을 두고 영웅이 대호에게 말했다.

"이놈에 대해 아는 거 다 말해 봐."

영웅의 말에 대호가 재빨리 나서서 자신이 아는 모든 것을 나열했다.

"참마검 여광, 현재 천무성 척살단 부단주입니다. 그는 타협할 줄 모르고 자신이 정한 길을 고집하는 자입니다."

"그래?"

"아, 아닙니다! 뭐든 시켜만 주십시오! 타, 타협 잘합니다!

아, 아니, 잘하도록 노력하겠습니다! 길을 정해 주시면 무슨 일이 있어도 그 길로만 가겠습니다!"

참마검이 다급하게 반박했다.

"계속해 봐."

"네! 또한 상사의 말을 우습게 아는 것은 물론이고, 그 어떤 억압에도 굴복하지 않는 성격으로 알려져 있습니다."

"굴복 안 하는 성격이라는데? 지금 이건 연기인가?"

영웅이 참마검을 바라보며 말하자 그가 손사래를 치며 말했다.

"저, 저들이 몰라서 그러는 겁니다! 저, 저는 굴복 잘합니다! 기라면 기고 짖으라면 짖을 수 있습니다! 멍멍! 왈왈!"

이제 눈물까지 글썽이며 말하고 있었다.

그러든지 말든지 영웅은 대호를 향해 고개를 끄덕였다. 계속 말하라는 소리였다.

"고문에도 굴하지 않고 한번 노린 먹이는 죽을 때까지 쫓는다고 하여 천무성 내에서 그의 별명은 독종마검(毒種魔劍)으로 불리고 있습니다. 그의 그런 성격이 척살단에 적합했는지 빠른 시간에 부단주까지 올라선 인물입니다."

"능력은 있다는 건가?"

"그렇습니다! 무공에 대한 재능도 뛰어나고, 머리도 좋은 것으로 평이 자자합니다. 다만 독불장군인 성격이 점수를 많이 깎아 먹는 것으로 알려져 있습니다. 그것만 아니었으면 부단주가 아니라 단주직에 올라섰을 것이라는 얘기도 있습니다."

"흠, 그래?"

대호의 말을 다 들은 영웅이 참마검을 조용히 응시했다.

참마검은 불안한 얼굴로 덜덜 떨고 있었다.

저 입에서 어떤 말이 나오냐에 따라 자신의 운명이 결정되는 것이었다.

차라리 죽인다고 하면 이렇게 떨지 않을 것이다.

고문을 한다고 해도 이렇게 굴종하지 않을 것이다.

고문은 사람의 생명력을 갉아서 원하는 걸 얻는 것이기에 고통스럽지만 죽을 수 있었다.

하지만 영웅은 달랐다. 고통도 고통인데, 그것을 끊임없이 무한하게 할 수 있는 자였다.

죽어 가는 사람도 멀쩡한 모습으로 되돌리는데 그걸 어찌 버틴단 말인가.

심지어 고통이 적응되는 것도 아니었다.

다시 살아나면 신기하게도 고통이 더 잘 느껴졌다.

"내가 천무성 삼 공자인 거 알고 있지?"

"네, 그렇습니다!"

"그럼 내 뒤를 따를래?"

"충성! 이 한 몸 바쳐서 공자, 아니 주군을 따르겠습니다!"

"나 아직 허락 안 했는데 네 맘대로 주군이래."

"제 마음이 시켜서 하는 것입니다! 허락하시든 안 하시든 저는 주군으로 모실 것입니다!"

이것만이 살길이라고 느꼈는지 절절하게 외치고 있었다.

"그럼 맘대로 하고, 일단은 제재해 놔야겠지?"

"네?"

제재라는 말에 참마검의 동공이 세차게 흔들렸다.

설마 지금까지 했던 과정을 다시 시작한다는 소린가?

"떨지 마. 말만 잘 들으면 아까와 같은 상황은 벌어지지 않으니까."

그러면서 참마검의 정수리에 손을 올렸다.

찌릿-!

온몸이 찌릿한 기분이 들자마자 정수리에 있던 손이 떨어져 나갔다.

"날 배신하겠다고 생각해 봐."

"저, 절대로 배신하지 않습니다!"

"아니, 그러니까 생각만 해 보라고. 말 안 들을래? 처음부터 다시 할까?"

"하, 하겠습…… *끄아아아아악!*"

데굴데굴.

참마검이 말하다 말고 갑자기 머리를 부여잡고 바닥을 데굴데굴 굴렀다.

얼마나 고통스러운지 그의 표정은 인간이 지을 수 있는 표정이 아닐 정도로 구겨져 있었다.

잠시 후, 고통이 어느 정도 물러갔는지 숨을 헐떡거리며 고개를 드는 참마검이었다. 그의 눈에는 아까보다 더한 공포가 새겨져 있었다.

그 눈빛을 본 영웅은 무언가가 떠올랐는지 참마검에게 물었다.

"어때? 조금 전의 고통보다 지금 고통이 더 심해?"

영웅의 말에 참마검이 고개를 격하게 끄덕였다.

"말로 해야지, 응?"

"그, 그렇습니다! 아까의 고통은 지금 이 고통에 비하면 애들 장난이었습니다!"

"오호! 그래?"

영웅의 눈빛이 반짝였다.

"저, 그런데 지금 제게 하신 것이 무엇입니까?"

"응? 아, 너한테 살짝 제약을 걸었지. 나를 배신하겠다고 생각하거나 그에 준하는 행동을 하면 조금 전 그 고통이 찾아올 거야. 세 번까지는 고통을 주고, 네 번째는 죽음을 주는 것으로 하려 했는데 바꿔야겠다. 그냥 영원히 고통을 주는 것으로."

"네? 그, 그게 무슨 말씀입니까? 왜, 왜 저부터 바꾸시는데요……."

"생각해 보니 고통스러우니까 후딱 세 번 배신을 생각하고, 네 번째로 자살할 거 아냐. 그럼 안 되지. 제약의 의미가 없는 거였어. 네 번째는 방금 그 고통이 평생 쭉 이어지는 것으로 하자."

그러면서 다시 정수리에 손을 올리는 영웅이었다.

찌릿-!

"크윽!"

아까와 달리 이번엔 살짝 고통스러웠다.

그런데 영웅의 눈빛이 심상치 않았다.

"이게 잘되었는지 안 되었는지 알 길이 없잖아, 어쩌지?"

설마 아닐 거라는 거친 생각과 함께 불안한 눈빛이 영웅을 향했다.

"너는 최대한 나를 배신해라, 알았지? 꼭 배신해야 해. 내가 배신할 수 있게 팍팍 밀어줄게."

악마였다.

"저, 절대로 배신 따위는 하지 않을 것입니다!"

"아 참! 한 가지 더."

무서웠다. 무슨 말이 나올지, 너무도 무서웠다.

"마음대로 자결도 안 돼. 자결하는 순간 아까 같은 현상이 일어나면서 원상 복구될 테니까."

지옥이었다. 이제 맘대로 죽지도 못하는 몸이 돼 버린 것이다.

참마검은 마음속으로 울었다.

"좋아해야지. 어찌 보면 불사에 가까운 몸이 되었는데."

그렇게 말하며 씩 웃는 영웅은 정말로 악마 그 자체였다.

그것은 그 모습을 뒤에서 지켜보던 모든 사람의 공통적인 생각이었다.

참마검을 굴복시킨 영웅은 고개를 돌려 참마검의 수하들을 바라보았다. 영웅의 눈빛을 받은 수하들의 몸이 부르르 떨렸다.

"흐음, 저것들은 어찌한다?"

그냥 나직하게 중얼거렸을 뿐이다.

하지만 참마검의 수하들에게는 그것이 지옥 염왕의 목소리로 들렸다.

이곳에 있는 이 중에 그 소리를 못 들은 이는 없었다. 무공을 익힌 자는 일반인보다 청력이 더 뛰어났기 때문이다.

중얼거림을 듣는 즉시 앞다투어 달려와 영웅의 앞에 무릎을 꿇고 엎드리며 소리쳤다.

"저, 저희도 모, 모시겠습니다!"

"부디 아량을 베푸셔서 저희를 받아 주시옵소서!"

"제발! 저희도 하라는 것은 뭐든 다 하겠습니다!"

하지만 영웅은 이런 부류를 잘 알았다.

지금은 공포 때문에 이리 행동하지만 나중에 몸이 편해지면 반드시 다른 생각을 하기 마련이었다.

"그래? 좋아, 한 명씩 나와."

사람들은 방금 영웅이 참마검에게 제약을 거는 것을 보았기에 자기들에게도 제약을 거는 것으로 생각하고는 서슴없이 앞으로 나갔다.

"마침 잘됐네. 내가 방금 새로운 방법을 생각했는데 그것을 실험할 사람이 필요했거든."

영웅의 말에 맨 앞에 선 남자가 화들짝 놀라며 영웅을 바라봤다.

"네?"

자신이 잘못 들은 것이 아니라면 방금 실험이라는 말을 했다.

실험이라는 것이 무엇인가.

무언가를 연구한다는 뜻이다.

온몸에서 도망가라는 신호를 보냈다.

몸에 난 소름이 바로 그 증거였다.

하지만 이미 늦었다. 영웅의 손이 그의 정수리에 얹혔기 때문이다.

빠직-!

작은 뇌전이 남자의 정수리를 타고 몸으로 들어갔다.

"끄윽!"

살짝 고통스러운지 이를 악물고 앓는 소리를 내었다.

그러더니 점차 몸을 떨기 시작했다. 몸의 떨림이 심해지더니, 이윽고 바닥에 쓰러진 채 햇빛에 노출된 지렁이처럼 꿈틀거리기 시작했다.

"끄으으으으윽!"

그의 눈은 충혈되어 있었고, 인상은 구겨질 대로 구겨져 있었다. 어찌나 고통스러운지 신음도 제대로 내지 못하는 모습이었다.

그러거나 말거나 영웅은 그것을 지켜볼 뿐이었다.

그렇게 잠깐의 시간이 흐르고, 바닥에서 꿈틀거리던 남자가 입에 게거품을 문 채 기절을 했다.

"처음이라 좀 강했나? 리스토어."

쯔잉-!

빛을 맞으며 다시 정신을 차린 남자.

영웅을 보자마자 오줌을 지리며 덜덜 떨었다.

"어땠어, 좋았어?"

영웅의 질문에 남자가 정신이 나간 얼굴로 고개를 마구 저었다.

"말로 해야지. 한 번 더 할까, 응?"

"아닙니다! 제, 제발 그, 그냥 죽여 주십시오! 아니, 차라리 자, 자결하겠습니다!"

"응, 이미 늦었어. 너는 내가 놔주기 전엔 죽고 싶어도 못 죽어."

"그, 그런……."

절망에 빠진 얼굴로 영웅을 바라보는 남자였다.

"내 말 잘 들을 거지? 안 그럼……."

"잘 듣겠습니다! 뭐든 시켜만 주십시오!"

영웅이 뒷이야기를 하지 않았음에도 남자가 벌떡 일어나 부동자세로 우렁차게 대답했다. 어찌나 군기가 바짝 들었는지 부동자세로 미동조차 하지 않았다.

"좋아, 넌 뒤로. 자, 다음."

사방에서 움찔거리는 모습들이 보였다.

저들에게는 따로 할 실험이 있었다.

바로 다수의 사람에게도 조금 전의 그 제약을 걸 수 있는지를 알아보는 것.

영웅이 이러는 이유는 간단했다.

사실 뼈를 부수고 꺾고 하는 건 너무 비효율적이었다. 시간도 오래 걸리고, 일일이 자신이 손을 써야 하는 불편함이 있었다.

그러다가 참마검에게 제약을 걸면서 참마검이 뼈가 부서지는 고통보다 더 두려워하는 걸 본 것이다.

이건 그냥 걸어 두면 끝나는 것이기에 자신이 따로 몸을 움직이지 않아도 되었고, 한 번 걸어 두면 자신이 풀어 주기 전에는 풀지 못하는 제약이었다.

죽고 싶어도 죽지 못하는 몸으로 만들어 버리기에 당하는 처지에서는 정말 미칠 만큼 무서운 일이었다.

거기에 영웅을 따르지 않았을 때 오는 고통은 일반적인 고통이 아니었다. 차라리 뼈가 박살이 나고 꺾일 때가 행복할 정도였다.

이러한 제약을 한 명에게 거는 게 아닌, 단체에 거는 게 가능한지 지금 시험해 보려는 것이다.

영웅이 한쪽 팔을 들어 허공에서 흔들었다. 그러자 앞에 서 있는 참마검 수하들의 머리에 미세한 빛이 머물렀다가 사라졌다.

다들 영웅이 무언가를 했음에도 몸에 아무런 변화가 없자 안도의 한숨을 쉬었다. 하지만 그것은 착각이었다.

안도의 한숨을 쉬는 그 순간 지옥이 시작되었다.

"아, 미안. 처음이라 힘 조절이 좀 안 됐네. 걱정하지 마. 죽지는 않으니까."

"끄아아아악!"

"끼에에에엑!"

"으악! 으아아아악!"

사방이 머리를 부여잡고 데굴데굴 구르는 사람들뿐이었다. 그 비명이 어찌나 처절한지 듣는 사람들의 모골을 송연하게 만들었다.

고통 가득한 소리는 잠시 후에 사라졌다.

극한의 고통에 비명조차 지르지 못하고 있는 것이다.

다들 구르는 것마저 멈춘 채 몸을 동그랗게 말고 입만 벌리고 있었다.

그러다가 하나둘씩 정신을 잃었다.

"토탈 리스토어."

영웅의 말에 빛이 쓰러져 기절한 사람들을 감쌌다.

정신을 차린 이들의 반응은 전부 똑같았다. 참마검이 한 것처럼, 아니 참마검보다 더한 모습으로 울고불고 영웅에게 충성을 맹세했다.

"두고 보겠어. 조금이라도 다른 생각 하면 알지? 궁금하면 생각해 보든가. 참! 배신을 생각할 때마다 고통은 더욱 강해진다. 이건 참고해라. 죽지는 않지만 내가 없으면 원상태로 돌아오는 데 시간이 좀 걸리니까. 물론 돌아오는 동안에도 끊임없이 고통이 따를 테고."

친절하게 설명해 주는데 차라리 듣지 말 것을 그랬다는 생각이 들 지경이었다.

"저쪽 가서 각 잡고 앉아 있어."

"충!"

우르르르.

영웅의 말에 조금의 망설임도 없이 구석으로 가서 정자세로 각을 잡은 채 앉았다.

영웅은 그 모습을 잠시 바라보다가 같이 달려가서 자리에 앉으려는 참마검을 발견했다.

"너는 이리 와."

자신을 지목한 것을 깨달은 참마검의 표정이 죽상이 되

었다.

울상이 되어 걸음을 옮기는 참마검을 보며 영웅이 한마디 했다.

"어쭈? 표정! 그리고 동작 봐라."

이 한마디가 주는 효과는 엄청났다.

참마검의 표정이 환하게 변하면서 혼신의 힘을 다해 뛰어왔다.

"부르심에 대령했습니다!"

고개를 빳빳이 들고 부동자세를 취하며 영웅의 앞에 섰다.

영웅은 다시 고개를 돌려 아까 참마검에게 공격을 당하던 자들을 바라보았다.

그들의 동공이 세차게 떨리고 있었다.

이번엔 자신들 차례라고 생각하는 듯했다.

"저 사람들은 왜 공격한 거야?"

"네, 저들은 천무성의 배신자들이라며 대장로가 모두 잡아들이라 했습니다!"

"배신자? 어떤 배신을 했는데?"

"그건 저도 잘 모르겠습니다! 솔직히 천무성의 일에는 크게 관심이 없어서…… 그냥 잡아 오라길래 그런가 보다 하고 온 것입니다!"

"뭐야, 아는 게 없어? 이럼 내가 널 받아들인 의미가 없잖아!"

영웅의 말에 참마검이 화들짝 놀라며 모든 기력을 동원하여 머리를 쥐어짜 내기 시작했다. 어떻게든 기억을 해내야 했다.

분명히 대장로가 뭐라 전했다 한 것 같은데 무시하고 넘어갔던 것이 이렇게 후회될 줄은 몰랐다.

'크윽! 그때 새겨들을걸.'

후회는 늦었다.

하지만 기억해 내야 했다. 자신이 쓸모 있는 사람임을 증명해야 했다.

태어나서 이렇게 간절하게 최선을 다해 머리를 굴린 적은 지금이 처음이었다.

그런 정성에 하늘이 도왔을까?

번뜩하고 기억이 났다.

사람이 위기에 빠지면 초인적인 힘을 발휘한다더니 지금 참마검의 상태가 그랬다.

"기, 기억났습니다! 저들이 서, 성주님에게 독을 먹인 자들로 의심이 된다며 사실 여부를 따지기 위해 잡아 오라고 했습니다!"

"독살?"

영웅이 독살이라는 단어를 말하며 자신들을 바라보자 황급히 손을 저으며 말했다.

"아, 아닙니다! 저, 절대로 아닙니다! 이건 다 모함입니다!"

"모함?"

"그, 그렇습니다!"

"모함이라는 증거는?"

"그, 그건……."

까닥까닥.

영웅이 방금 대답한 자에게 손가락으로 이리 오라는 신호를 주었다.

그 모습에 사색이 된 채 저항할 생각도 못 하고 천천히 걸어오는 남자였다.

남자가 가까이 오자 영웅이 얼굴을 가까이 들이대며 물었다.

"모함이라는 증거도 없는데, 내가 너희를 어찌 믿지? 저들은 내 앞에서 거짓을 말하지 못한다. 거짓을 말했다면 지금쯤 바닥을 뒹굴고 있을 테니까."

영웅의 말에 참마검의 온몸에 소름이 돋았다.

거짓을 말해도 효과가 발동한다는 걸 알아 버린 것이다.

"저, 정말입니다! 저, 저희는 사실 대장로를 범인으로 생각하고 있습니다. 아, 아시지 않습니까. 대장로가 평소에 성주 자리에 욕심이 많았음을 말입니다."

알 리가 없다. 기억에도 없고, 자신은 이곳 사람도 아니니까.

하지만 다른 차원이기는 해도 자신의 아버지가 아닌가.

아버지가 병상에 누워 계시다는데 마음이 편할 리 없었다.

치료도 치료지만, 일단 그 원인을 제거하고 편안하게 만들어 줘야겠다는 생각을 한 것이다.

"대장로라. 대호! 너희를 보낸 것이 누구라고 했지?"

"대장로입니다!"

"그래?"

아무래도 대장로라는 놈을 만나 봐야 할 것 같았다.

"일단 천무성으로 가 봐야겠군. 너희도 따라와. 도망은 허락하지 않겠다."

영웅의 말에 다들 고개를 끄덕이며 따랐다.

따르지 않기에는 너무도 무서웠고, 또 그의 엄청난 무력을 본 터라 그럴 생각도 들지 않았다.

상상을 초월하는 일을 겪은지라 다들 지금 자신들에게 명령을 내리는 자가 무능의 극치를 달리던 삼 공자라는 사실을 까맣게 잊고 있었다.

한편, 뒤에서 이 모든 것을 지켜보던 등천무제와 담선우는 입을 다물지 못하고 있었다.

그러다가 등천무제가 웃으며 입을 열었다.

"허허허허, 선우야, 이거 아무래도 이 우형이 말년에 엄청난 주군을 만난 것 같구나. 허허허허!"

환하게 웃는 등천무제와 달리 비선각을 경영하는 담선우의 표정은 좋지 않았다.

상식 외의 괴물을 보았기 때문이다.

등천무제가 주군으로 모시는 이유를 이제야 확실하게 깨달았다.

그는 결정해야 했다.

모른 척할 것이냐, 아니면 영웅을 따를 것이냐.

하지만 생각하나 마나였다. 모든 경우의수를 전부 다 대입해 봐도 나오는 결론은 하나였다.

'고금제일인! 중원 통일!'

그의 머릿속에는 저 두 단어만이 맴돌고 있었다.

바닥 전체를 감싸고 있는 거대한 호피 가죽 위쪽으로 한 중년인이 조용히 앉아 차를 즐기고 있었다.

그런 그의 평화를 깨는 소리가 들려왔다.

소리 없이 중년인 앞에 나타나 부복하고 있는 한 남자.

중년인은 남자를 쳐다도 보지 않은 채 차를 탁자에 내려놓으며 짜증 섞인 목소리로 말했다.

"당분간 쉬고 싶다고 하지 않았더냐."

"주군께서 말씀하신 물건을 찾았습니다."

남자의 말에 중년인의 눈빛이 변하였다.

"뭐라 하였느냐? 다시 말하거라."

"주군께서 말씀하신 그 기물을 찾았습니다."

"어, 어디서?"

"천태산 산적 소굴에서 발견하였습니다."

"허어, 내 물건을 가져간 놈들이 고작 산적들이었군. 그 래, 그 물건은 어디에 있느냐?"

"지금 가지고 오는 길이라고 합니다. 소신은 이 소식을 제 일 먼저 전해 드리기 위해 달려온 것입니다."

"허허허! 오냐, 고생했다. 물건이 오면 다시 말해 다오."

"충!"

보고를 마친 남자가 소리 없이 사라지자 중년인은 차갑게 식은 찻잔을 다시 들어 기운을 불어 넣었다.

부글부글.

찻잔 안에서 끓어오르기 시작한 차를, 뜨겁지도 않은지 아 무렇지도 않게 입에 가져가 마시는 중년인이었다.

후루룩.

"좋구나, 좋아."

차를 다시 음미하고는 혼자서 중얼거렸다.

"이제야 돌아갈 방법 중 하나를 찾았군. 너무도 오랜 시간 이었다. 이제 월홀만 찾으면 되는 것인가? 하아…… 더 늦기 전에 찾을 수 있을지…….."

그러고는 다시 눈빛을 빛내며 중얼거렸다.

"아니야, 반드시 돌아가야지. 이곳에서 얻은 이 힘이라면 원래 살던 세상에서 최강이 될 수 있다. 그 전에 이곳을 먼저 정복해야겠지. 모든 것은 우리 가문을 위해서, 크크크."

━◆━

천무성으로 향하려던 영웅을 붙잡은 것은 바로 비선각의 각주 담선우였다.

그는 절대로 지금 가서는 안 된다고 영웅을 말렸다.

"이유가 뭡니까?"

"지금 가신다면 천무성을 그렇게 만든 원흉을 잡을 수 없습니다."

"하나하나 다 잡아다가 패면 정보가 나오는 거 아닙니까."

"그 전에 그 일을 진행한 중심축들은 도망가고 없겠지요."

"아니면 아버지와 형님을 구하고 난 뒤에 천무성째로 날려 버릴까요?"

영웅의 말에 뒤에 있던 자들이 극구 말리고 나섰다.

"아, 안 됩니다! 천무성 안에는 아직도 성주님에게 충성을 다하는 사람들이 많이 있습니다!"

영웅을 말리는 이 남자의 정체는 천무성 의약당의 부당주 영호명이었다. 비선각에서 얻어 온 정보와 이들의 말을 조합했더니 얼추 답이 나왔다.

의약당은 성주파였다.

당연히 성주에게 충성을 다하는 그들이 곱게 보일 리 없는 대장로였다.

하지만 의약당의 중요성을 잘 알기에 그들을 자신 쪽으로 끌어들이기 위해 많은 노력을 했다. 그러나 그들은 넘어가지 않았다.

오히려 지금처럼 성주를 치료할 방법을 찾기 위해 온 중원을 다니고 있었다.

그런 이들을 대장로가 죽이려고 마음먹은 이유는 바로 혹시라도 이들이 치료법을 찾아내서 성주가 다시 일어날 것이 두려웠기 때문이다.

자신이 아무리 강하다 해도 성주에겐 통하지 않았다.

삼제의 일인인 성주는 정말로 강했다.

지금 사경을 헤매고 있을 때 죽이면 되지 않냐고 생각하는 이들도 많은데 그럴 수 없었다.

말했듯이 천무성에는 아직 성주에게 충성을 다하는 자들이 많았기 때문이다.

그들을 다 정리하기 전에는 함부로 손을 쓸 수가 없었다.

"얘기를 다 들어 보면 대장로라는 인간이 원흉인데 그놈 잡아서 족치면 되지!"

영웅의 말에 영호명이 흥분을 가라앉히고 고개를 갸웃거리며 물었다.

"저, 그런데 왜 아까부터 계속 대장로를 모르는 사람인 척

행동하시는 겁니까? 삼 공자님께선 누구보다 대장로를 따르셨잖습니까."

"내가? 누구를? 그놈을?"

화들짝 놀라는 영웅을 보며 고개를 끄덕이는 영호명이었다.

영웅이 고개를 돌려 대호를 바라보자 대호가 고개를 끄덕였다. 다시 고개를 돌려 참마검을 바라보자 그 역시 고개를 끄덕였다.

그리고 지룡단(地龍團)이라고 이름 지어 준 참마검의 수하들을 바라보자 그들 역시 단체로 끄덕였다.

물론 등천무제와 담선우, 그리고 대호 일행은 왜 모르는지 이유를 알기에 가만히 있었다.

영웅은 한숨을 쉬며 천무성 사람들에게 말했다.

"사실 내가 기억을 잃어서 말이지. 기연을 얻었는데 그것을 수련하는 과정에서 기억을 전부 잃었어."

대충 얼버무렸는데 사람들이 믿는 눈치였다.

저런 이유가 아니고서야 자신들이 아는 무능공자인 삼 공자가 이렇게 강해질 리 없다고 생각해서였다.

다들 고개를 끄덕였다.

'대충 넘어가는 것 같군.'

"늦었지만 축하드립니다, 주군!"

"축하드립니다!"

다들 포권을 하며 영웅에게 축하의 말을 건넸다.

"하하…… 고마워."

"어쩐지 저희들 상식을 벗어날 정도로 강해지신 이유가 있었군요. 기연이라니 정말 대단하십니다. 기억이야 없으면 어떻습니까. 그렇다고 주군께서 다른 사람이 되시는 것도 아닌데 말입니다."

참마검 여광의 말에 영웅은 뜨끔했다.

"자 자, 대충 그런 거니까 그리 알고, 다른 사람들에게도 그렇게 알려 주면 돼. 알았지?"

"충!"

"자, 그럼 대장로를 잡아서 원흉을 찾아보자고."

영웅의 말에 영호명이 조심스럽게 물었다.

"공자님, 혹시 대권을 원하십니까?"

"대권?"

"성주의 자리를 원하시는지 묻는 것입니다."

영호명의 말에 영웅이 몸서리를 치며 고개를 저었다.

"미쳤어? 그딴 머리 아픈 자리를 내가 왜? 제발 맡아 달라고 사정을 해도 난 싫어!"

"현 상황을 깔끔하게 정리하기 위해선 공자께서 성주의 자리에 오르시는 것이 가장 좋은 방법이라 생각합니다."

"아니야. 아버지를 깨우면 돼, 형님도 깨우고."

"그분들이 왜 의식을 잃었는지 원인을 전혀 알지 못하는 상황입니다.”

“원인은 필요 없어. 아까 못 봤어, 얘들 되살리는 거?”

그 순간 영호명의 머릿속에 번개가 쳤다.

“그, 그것이 원인 모를 이유로 쓰러진 사람에게도 통하는 것입니까?”

“통하지. 모든 것들을 처음 상태로 돌리는 것이니까. 저놈들 몸 세포 하나하나가 갓 태어났을 때같이 변해 있을걸. 뭐 부작용이라면 부작용인데, 대신 다른 사람보다 훨씬 더 오래 살지.”

영웅의 말에 여광을 비롯한 지룡단 사람들의 표정이 환해졌다. 오래 산다는데 싫어할 사람은 없었다. 제약되어 있는 것을 빼면 말이다.

“자, 어때? 이제 할 수 있겠지? 아버지 어디 계셔?”

영웅의 물음에 영호명의 표정이 다시 어두워졌다.

“성주님과 소성주님이 어디에 계시는지는 저도 모릅니다. 저희 당주님만 알고 계십니다.”

“그럼 당주에게 물어보면 되겠네.”

“그, 그것이…… 뒤를 밟힐 수 있다 하여 2달에 한 번만 접선 장소에서 몰래 만나는 터라…….”

“2달? 전에 만난 것이 언젠데?”

“3일 전입니다.”

“…….”

영호명의 말을 들어 보니 다음 접선까지 아직도 대략 57일이나 남아 있었다.

그 전에는 연락할 방법이 없다고 하니 결국 기다릴 수밖에 없었다.

영웅이 실망한 표정을 하는 것을 본 영호명이 죄송스러운 목소리로 영웅에게 말했다.

"죄송합니다. 원래 그 전까지 당주님께서 요청하신 약재들을 모아 전달하는 것이 저희의 임무입니다. 그 기간이 대략 2달 정도 걸리는데 사실 2달도 촉박한지라……."

"어쩔 수 없지……. 상황이 상황이니 최대한 조심해야 하니까, 괜찮아."

영호명을 달래고 영웅은 하늘을 바라보았다.

잠시 생각에 빠진 영웅은 일단 천무성부터 접수해야겠다고 마음먹었다. 접수하고 나면 2달이 지나 있을 것으로 생각하면서.

"일단 천무성을 접수하자. 가장 좋은 방법을 생각해 봐."

영웅의 말에 다들 좋은 방법을 생각하기 위해 고심했다. 그중에 영호명이 제일 먼저 말했다.

"아까 말씀하신 것을 이용하면 어떨까요?"

"아까 말한 거?"

"기억을 잃으신 것을 이용하는 겁니다. 기억을 잃었다는데 대장로가 설마 공자님을 해치겠습니까? 성주님을 찾기 위해서라도 공자님을 살려 둘 것입니다. 아니, 오히려 공자님을 자신의 편으로 만들기 위해 맘을 바꿀지도 모르고요."

"흠, 그리고?"

"무능공자로 활동하시면서 조금씩 장악해 가시는 것이 어떻겠습니까? 공자님의 능력을 드러내면 쥐새끼들이 놀라서 전부 도망갈 수 있으니, 천천히 조금씩 장악하시는 겁니다. 그러면 숨어 있는 쥐새끼들도 잡아낼 수 있을 것 같습니다."

영호명의 말에 여광 역시 동조를 하고 나섰다.

"제가 들어도 좋은 생각 같습니다."

"그럼 저들은 뭐라고 변명하지?"

영웅의 말에 담선우가 나섰다.

"대호는 공자님을 찾아 모신 것으로 하고, 저희는 그 과정에서 공자님을 모시는 낭인으로 들어가면 어떨까요? 무제께서는 변장하시고요."

담선우의 말에 영웅이 등천무제를 바라보았다. 삼제 중 하나로 이미 유명할 대로 유명한 사람이었다.

"흠, 수염을 좀 짧게 자르고 머리카락과 수염 색을 좀 바꾸면 몰라볼 것 같기도 한데."

영웅의 말에 등천무제가 깜짝 놀랐다.

"아니, 제 머리와 수염을 다시 검게 만들 수 있습니까? 그게 가능한 것입니까?"

등천무제의 말에 영웅이 고개를 끄덕였다. 염색약이면 다

해결되니 간단했다.

하지만 그런 것을 알 리가 없는 등천무제는 감격한 표정과 놀라운 표정이 가득했다.

"주군은 정말로 신이 아닙니까? 어찌 그런 것을 하실 수 있단 말입니까?"

"그게 뭐 어려운 거라고. 일단 재료가 필요하니까 제가 구해 올게요."

"저도 돕겠습니다!"

"아니에요, 저만 갈 수 있는 곳이라서. 구하는 것도 어렵지 않으니 여기 계세요."

그리 말하고 영웅은 바닥을 박차고 하늘로 날아올랐다.

등천무제와 담선우, 대호 일행도 아무리 봐도 적응이 안 되는 장면이었다.

자주 본 이들이 이런데 처음 본 사람들의 반응은 어떻겠는가.

다들 입이 쩍 벌어진 채 영웅이 사라진 하늘만 바라보고 있었다.

그 모습에 등천무제가 말했다.

"크크크크, 네놈들은 정말 엄청난 분을 주군으로 모신 것이다. 영광으로 알거라."

"그보다…… 아까부터 궁금했는데 도대체 누구십니까?"

참마검의 물음에 등천무제가 아닌 대호가 대답했다.

"등천무제 어르신입니다."

"……뭐라고?"

"삼제 중 한 분이신 등천무제 어르신이라고요."

친절한 대호의 설명에 참마검을 포함한 모든 이의 눈이 찢어질 듯 커졌다.

잠시간의 정적이 흐르고 엄청난 소란이 일어났다.

"저, 정말입니까?"

"아, 아까 고, 공자님을 주, 주군이라고 부르시던데……서, 설마?"

사람들의 질문에 등천무제가 웃으며 답했다.

"그래, 내가 바로 삼제 중 일인인 등천무제다. 그리고 그분의 수하이기도 하지."

"마, 말도 안 돼! 어찌 삼제께서……."

"그분께선 신이시니까. 나 같은 인간이 모시는 게 뭐 대수라고."

등천무제는 영웅을 신이라 굳게 믿고 있었다.

한편, 참마검과 지룡단은 등천무제의 정체를 알고 놀람도 잠시, 저런 엄청난 인물이 따르는 사람이 자신들의 새로운 주군이라는 사실을 깨달았다.

천무성의 성주, 천검제 백무상과 함께 중원의 절대강자 중 한 명이 아니던가.

그들의 눈에는 점점 희망이 싹트고 있었다. 역사상 전무후

무한 절대자와 같이 걸어갈 수 있다는 희망 말이다.

───※───

"저곳인가?"

영웅의 물음에 참마검이 대답했다.

"네, 주군! 정말로 기억이 안 나십니까?"

"응, 하나도 안 나. 성에 누가 있는지, 누가 누군지도 기억 안 나고."

영웅은 고개를 좌우로 흔들며 말했다.

"일단 너희는 따로 와라. 알지? 여기 오면서 말한 대로 진행하는 거."

영웅의 말에 참마검이 고개를 끄덕였다.

이곳까지 오면서 대충 계획을 짜 둔 상태였다.

일단 의약당 사람들은 다른 안전한 장소에 모아 두었고, 그들이 원하는 약재는 등천문과 비선각에서 구하는 중이었다.

참마검을 비롯한 지룡단은 임무를 무사히 완수하고 복귀하는 것으로 위장하기로 했다.

그리고 영웅은 당당하게 들어갔다.

"어차피 저 안에서 날 이길 놈은 존재하지 않는다. 그리고 당당하게 집으로 돌아온 사람을 보자마자 난도질하진 않을 거 아냐? 뭔가 계획을 세워서 나를 잡으려고는 하겠지만 대놓고 움직이진 않을 거다."

영웅의 말이 사실이었다.

대놓고 움직일 거였으면 뭐 하러 삼 공자가 밖으로 나가기를 기다렸겠는가.

오히려 이렇게 당당하게 들어오는 영웅을 보며 당황할 것이다.

"그럼 주군, 나중에 뵙겠습니다."

참마검의 말에 영웅이 고개를 끄덕였다.

영웅은 등천무제와 담선우, 대호 일행을 데리고 천무성의 정문으로 당당하게 걸어갔다.

멀리서 걸어오는 영웅을 본 경비 무사들은 살짝 당황한 모습이었다. 그러나 가까이 가자 아무 일 없었다는 듯 고개를 숙이며 인사했다.

"오셨습니까, 공자님."

영웅은 태연하게 고개를 끄덕이고는 안으로 들어가려고 했다. 그런데 경비 무사들이 영웅의 앞을 막아섰다.

"하하, 죄송합니다. 잠시 몸수색 좀 하겠습니다."

그 말에 영웅의 이마가 꿈틀거렸다.

"몸수색?"

"죄송합니다. 규정이라서……."

영웅이 뒤를 돌아 대호를 바라보자 대호가 당황한 표정으로 고개를 저었다.

-고개만 저으면 내가 어찌 알아? 원래 이게 규정 맞아?

　영웅이 텔레파시를 보내자 대호가 깜짝 놀라며 전음으로 답했다.

　-어, 어기전성(御氣傳聲)을 구사한 줄 아시는 겁니까? 저에게 분명히 전음은 모른다고 하셨잖습니까?

　-묻는 말에 대답이나 해라.

　-네, 일단 규정은 맞습니다. 하지만…….

　-아아, 됐어. 규정이 맞는다면 그에 따라야지.

　-네, 알겠습니다.

　영웅이 보낸 것은 텔레파시였다. 전음과는 달리 그 사람의 뇌리에 직접 소리를 전달하는 것이기에 대호가 전설상의 경지라는 어기전성으로 착각하는 것이었다.

　전음은 복화술처럼 입을 미세하게 움직여 내공으로 멀리까지 소리를 전하는 방법이었다. 듣는 당사자는 귀에 울리는 소리로 알아듣는 것이다.

　하지만 어기전성을 달랐다. 텔레파시처럼 뇌리에 직접 소리를 전달하는 것이다. 어찌 보면 비슷한 원리이니 같은 기술이나 다름없었다.

　아무튼 경비 무사들의 말을 들은 영웅은, 무능공자를 연기하기로 했으니 최대한 무능한 척하기로 했다.

　"으응, 아, 알았어."

　어눌한 말투와 살짝 겁을 먹은 목소리로 경비 무사가 시키는 대로 팔을 벌리고 가만히 서 있었다.

그 모습에 경비 무사들이 비웃으며 영웅의 몸을 더듬거렸다.

중요한 부위까지 만지며 비웃는 그들을 보며 영웅은 다짐했다.

'네놈들에겐 반드시 지옥을 보여 주마.'

자신들의 앞에 있는 사람이 지옥에서 올라온 악마인지도 모른 채 깔깔거리며 비웃고 있었다.

"하하, 협조 감사합니다, 삼 공자님. 그런데 뒤에 계신 저분들은?"

"공자님의 호위들이오."

담선우의 말에 경비 무사들의 인상이 찡그러졌다.

"이상하군요. 공자님이 나가실 때 같이 있던 자들이 아닌데?"

경비 무사의 말에 대호가 자신의 증명 패를 보이며 말했다.

천무성의 일원이라는 걸 나타내는 증명 패에 경계심이 빠르게 사라지는 것이 느껴졌다.

"원래 호위하던 자들은 괴한들의 습격에 모두 죽었소. 이분들은 공자님의 안전을 위해 급히 의뢰하여 구한 분들이오."

대호의 말에 경비 무사들은 등천무제와 담선우를 바라보았다.

등천무제와 담선우는 그들을 속이기 위해 어설프게 기운

을 발산하고 있었다.

그것이 적중했는지 경비 무사들의 입꼬리가 다시 비웃음으로 변했다.

"크크, 그러시군요."

그러면서 나머지 사람들도 형식적으로 검색을 시작했다.

"이상 없군요. 들어가십시오."

경비 무사의 말에 영웅이 환하게 웃으며 경비 무사의 손을 잡았다.

"고마워, 히히."

그리고 정말로 기쁜 표정으로 안으로 들어갔다.

사람들 역시 경비 무사들에게 포권을 하고는 영웅을 따라 들어갔다.

그들이 사라지는 것을 본 경비 무사 중 한 명이 재빨리 어디론가 달려가기 시작했다.

-주군, 연기가 대단하십니다.

등천무제가 전음을 보냈다. 그런데 대답이 돌아오지 않았다.

등천무제는 영웅이 어기전성을 한다는 사실을 진작 알고 있었다.

-주군?

등천무제가 왜 그러나 싶어 영웅의 표정을 바라보다가 화들짝 놀라며 입을 다물었다.

영웅의 표정이 흉신 악살처럼 변해 있었기 때문이다.

'지금 말 걸면 나도 맞을 수 있겠다.'

슬며시 주변을 보니 이미 영웅의 심기가 안 좋은 것을 눈치채고 다들 조용히 뒤를 따르고 있었다.

한참을 말없이 걸어가던 영웅은 주변에 사람들이 보이지 않자 그제야 입을 열었다.

"대호!"

"충!"

"아까 그놈들 이름 적어 놔. 그리고 앞으로 이름 적을 놈들이 많을 것 같은 기분이 드니까, 아예 책자를 하나 만들어."

영웅의 말에 대호는 소름이 돋았다.

지금 영웅의 말은 살생부, 아니 죽이진 않으니 살생까진 아니고 지옥 명부를 작성하라는 소리였다.

"으드득! 마음 같아선 이 성 통째로 날려 버리고 싶지만…… 일단은 참는다."

화가 풀리지 않는지 연신 이를 갈며 중얼거리는 영웅이었다.

"호오, 그 멍청이가 제 발로 다시 돌아왔다고?"

"그렇습니다! 여전히 눈치 없고 멍청하기 이를 데가 없었습니다."

"처리하라고 명령을 내렸는데도 소식이 없기에 골치 아프게 됐다고 생각했는데 이렇게 기회가 올 줄이야."

경비 무사는 영웅을 보자마자 대장로가 있는 곳으로 달려왔다. 그리고 자신이 본 모든 것을 세세하게 보고했다.

"하늘이 내게 기회를 주신 거지, 크크크. 그런데 같이 온 자들이 처음 보는 자들이었다고?"

"그렇습니다. 호위하던 자들이 모두 전멸하여 급하게 구한 낭인들이라고 했습니다."

"네가 볼 때 그들의 경지가 어느 정도로 느껴지더냐?"

"저보다 조금 위로 보였습니다."

"뭐? 크하하하하하! 그런 것들을 호위라고."

경비 무사는 대장로의 반응에 기분이 나빴지만, 내색하진 않았다.

"그럼 딱히 신경 쓸 것은 없겠군. 알았다. 그만 물러가거라."

"충!"

경비 무사가 물러난 뒤에 대장로는 손가락을 튕겼다.

그러자 어디선가 한 사람이 나타났다.

"지금부터 놈을 철저하게 감시하도록."

"충!"

명령을 받은 복면인이 순식간에 자취를 감추었다.

"하늘은 내 편이었던가? 크크크, 그분께 좋은 소식을 전해 드릴 수 있겠군."

즐겁게 미소 짓는 대장로였다.

"이럴 게 아니지. 먹잇감이 제 발로 찾아왔는데 나 혼자만 알고 있을 수는 없지."

다급하게 방을 나온 대장로는 밖에 있는 수하에게 말했다.

"모든 장로와 임원을 소집하도록."

"충!"

그날 저녁.

천무성에서 가장 아름다운 풍경을 자랑한다는 천상각이 많은 사람들로 북적거렸다.

거나하게 차려진 술상과 함께 자리에 앉아 연신 떠들어 대는 사람들.

이들이 바로 천무성의 수뇌부였다.

탁탁-!

"자 자, 모두 조용!"

가장 상석에 앉은 대장로가 탁자를 치며 말했다.

사방이 순식간에 조용해지면서 모든 이의 시선이 대장로

에게 쏠렸다.

"자, 모두 이렇게 모이라고 한 것은, 전해 들었겠지만 무능공자가 돌아왔기 때문이오."

대장로가 천무성의 삼 공자이자 무능공자로 불리는 백군명의 귀환을 알리자 잠시 장내가 조용해졌다.

그러다가 무엇이 그리 즐거운지 이내 시끄러운 웃음소리로 가득 찼다.

"하하하하!"

"제 죽을 곳을 제 발로 찾아오다니 정말로 멍청하기가 하늘을 찌르는군요."

"덕분에 골치 아픈 일이 하나 해결되는 것이 아니겠소."

대장로의 말에 너도나도 웃으며 돌아온 영웅을 비웃었다.

"그놈만 사라지면 이 천무성은 완전히 우리의 것이 되오. 모든 게 정리되면 그대들의 자식 중에서 차기 성주를 뽑을 것이니, 그 또한 차질이 없도록 준비하시오."

"하하, 여부가 있겠습니까!"

차기 성주라는 말에 모든 이의 눈에서 탐욕이 새어 나왔다.

이들은 현재 백가가 이끄는 천무성을 무너뜨리고, 자식들의 비무로 성주를 정하기로 합의를 본 상태였다.

물론, 그다음 성주 역시 여기 모여 있는 집안의 자식들이 비무를 통해 정하게 될 것이고, 또 그다음 역시 마찬가지일 것이다.

하지만 거기에 대장로는 끼어 있지 않았다.

그것이 오히려 이들에게 크나큰 믿음을 주었다.

대장로가 정말로 순수하게 천무성의 미래를 위해 이런 일을 벌인 것이라는 믿음 말이다.

다들 연신 즐거워하는 모습에 대장로는 비릿한 미소를 지으며 자신 앞에 있는 술로 입술을 적셨다.

"삼 공자는 어찌할까요? 말씀만 하십시오. 제가 당장 가서 목을 치겠습니다."

호탕하게 생긴 남자, 천무성의 오 장로 장연이었다.

오장로의 말에 대장로가 고개를 저으며 말했다.

"아니 되오. 지금 성주와 소성주처럼 자연스럽게 죽어 가야 하오. 아직 백가를 지지하는 세력이 성안에는 많이 남아 있소. 섣불리 행동했다가는 우리가 먹으려는 이 천무성이 모래성처럼 무너질 테니, 신중 또 신중해야 하오. 설마 다 무너져 내린 천무성을 차지하고 싶은 것은 아니겠지요?"

"그럴 리가 있겠습니까? 그럼 제가 또 나서야겠군요."

"그러시겠소? 그대의 독술이면 믿을 수 있지."

"홀홀홀, 이 노부만 믿으시오. 내일부터 당장 삼 공자의 식사에 조치해 놓겠소."

"하하하하, 정말 믿음이 가는 말이오. 자 자, 다들 잔을 듭

시다. 우리 앞에 펼쳐질 새로운 세상을 위해서 말이오."

"하하하, 저희는 대장로님만 믿고 따르겠습니다!"

다들 앞으로 있을 행복한 미래를 상상하며 웃고 떠들고 즐겼다.

하지만 이들은 알까?

지금 자신들에게 지옥을 선사할 악마가 성안에 들어와 있음을.

영웅이 머무는 방 안에서 한 남자가 부들거리며 공포에 떨고 있었다.

그는 대장로가 감시하라고 보낸 복면인이었다.

감시하기 위해 천장에 숨었는데 순간 아득해지며 정신을 잃었다.

그리고 눈을 떠 보니 영웅이 눈앞에 있었다.

처음에는 저항했다. 무능공자가 강해 봐야 얼마나 강하겠냐는 생각에 주저 없이 덤볐다.

일단 제압하고, 자신을 공격하길래 적으로 오해하고 대응한 것이라 둘러댈 심산이었다.

어차피 천무성에서 신임을 잃은 삼 공자가 아니던가?

거기까지 생각한 후에 비릿한 웃음을 지으며 영웅을 공격했다.

하지만 그것은 복면인의 희망일 뿐이었다.

자신이 어찌 맞았는지도 모른 채 구석으로 날아간 것이다.

단 한 방에 제압된 복면인은 놀란 눈으로 영웅을 바라보았다.

하지만 자신이 방심해서 그런 것이라 위안을 삼으며 다시 일어나 공격을 하려는 그때.

순식간에 이동한 영웅의 손이 복면인의 정수리에 살포시 올라갔고, 그 후로 밤새도록 지옥 같은 고통을 경험했다.

한 번도 경험한 적이 없었던 극한의 고통.

기절하고 눈을 뜨면 어김없이 정상으로 돌아온 몸 상태와 다시 시작되는 고통의 연속이었다.

마지막에는 눈을 뜨자마자 초인적인 힘으로 달려 나가 영웅의 다리를 붙잡고 사정을 했다.

그 후로 영웅이 묻는 말에 재깍재깍 대답하고 있는 복면인이었다.

"누가 보냈다고?"

"대, 대장로님이 보냈습니다!"

"대장로님?"

"대, 대장로 새끼가 보냈습니다!"

눈치가 제법이었다. 영웅이 어느 부분에서 기분이 나빴는지 감 잡은 것이다.

"그래, 전에도 나를 감시했었나?"

"그, 그건⋯⋯."

"아, 아직 맛을 덜 봤구나?"

영웅이 다시 손을 정수리에 올리려 하자 복면인이 기겁을 하며 말했다.

"그렇습니다! 제, 제가 감시했었습니다!"

"그럼 나에 대해 누구보다 잘 알겠네, 그렇지?"

복면인은 이게 무슨 소린가 싶어 눈을 이리저리 굴렸다. 정확한 의미를 짐작하지 못했기 때문이다.

턱-!

"헉! 자, 잠까⋯⋯ 끄아아아아아악!"

"자꾸 대답을 멈추네. 역시 세 번은 약했어."

"끄아아아악!"

바닥을 구르며 고통에 몸부림을 치기 시작하더니, 이윽고 다시 거품을 물고 기절했다.

그 모습에 영웅이 또다시 깨달음을 얻은 표정으로 손뼉을 치며 말했다.

"아, 저거구나. 너무 빨리 기절하니 제대로 고통을 못 느낀 것이군. 기절을 못 하게 하는 방법이 없을까?"

심각한 표정으로 이 새로운 교육 방법의 부족한 부분을 고민하는 영웅이었다.

영웅은 복면인을 깨운 뒤에 복면인에게 신체 강화를 걸었다.

그리고 똑같이 교육을 시작했다.

잠시 후 복면인은 극한의 고통에 비명도 안 나오는지 바들바들 떨면서 눈이 찢어지라 뜨고 있었다.

아까와는 달리 엄청난 고통에도 기절하지 않았다.

"문제 해결!"

단점을 발견하는 즉시 그것을 보강하는 영웅이었다.

한편, 복면인은 아까와는 차원이 다른 고통을 느끼고 있었다.

아까는 어느 정도 고통이 왔을 때 알아서 정신이 끊겨서 그 이상은 느끼지 못했는데, 지금은 아니었다.

시간이 갈수록 정신이 멀쩡했다. 그것이 고통을 더욱더 선명하게 느끼게 만들었다.

제발 이 시간이 끝나기만을 간절히 바랐다.

그 바람이 하늘에 닿았을까?

영웅이 손을 내밀었다.

그러자 순식간에 고통이 사라지면서 편안해졌다.

"마지막 기회를 준다. 또 대답을 머뭇거리면 그땐 아예 걸어 놓고 자러 갈 거야."

"네, 알겠습니다!"

영웅의 말이 끝남과 동시에 대답이 울려 퍼졌다.

"자, 그럼 아까……."

"네, 누구보다 잘 알고 있습니다! 공자님께서 자라는 모든 모습을 감시했기에 이 성안 누구보다 잘 알고 있다고 자신합니다!"

역시 교육의 힘은 대단했다.

봐라, 이렇게 빠릿빠릿한 것을.

흐뭇한 미소를 지으며 영웅이 얘기했다.

"내가 지금 기억을 잃어서 말이지. 앞으로 내가 나에 대해 궁금한 것이 생기면 네가 지금처럼 숨어 있다가 바로바로 대답해 주면 좋겠어."

"알겠습니다!"

생각 따위는 하지 않았다. 방금 기억을 잃었다고 말했음에도 복면인은 의문을 가지지 않았다.

영웅이 그렇다면 그런 것이다.

"좋아, 이제야 좀 맘에 드네. 복면 좀 벗어 봐."

홀렁-!

"벗었습니다!"

말이 끝나기가 무섭게 눈에 보이지도 않을 속도로 자신의 복면을 벗어 버리는 복면인이었다.

복면을 벗은 빠르기로 검을 휘둘렀다면 무림 최강의 광속검으로 이름을 날렸을 것이다.

"너에 대해 말해 봐."

"네! 저는 천무성 비각의 각주 가광이라고 합니다!"

"현재 천무성의 상황에 대해 말해 봐."

"네! 현재 천무성의 상황은…….”

질문하면 조금의 버벅거림도 없이 바로바로 대답이 튀어 나오고 있었다.

"…… 이것이 지금 현재 천무성 상황입니다!"

"흐음, 그러니까 다들 성주 자리를 탐내고 있다, 이거지?"

"네! 요점을 말하자면 그것입니다!"

"대장로는? 아니, 그게 그렇게 탐나면 자기가 하면 되잖아?"

"대, 대장로는 성주 자리에 딱히 욕심이 없어 보였습니다!"

"사람들을 현혹해 놓고 정작 자신은 성주 자리에 욕심이 없다고?"

"그렇습니다! 대장로는 자식도 없습니다!"

가광의 말에 영웅이 담선우를 보며 물었다.

"어찌 생각합니까?"

영웅의 질문에 담선우가 턱을 쓰다듬으며 자기 생각을 말했다.

"아마도 다른 이들을 현혹한 건 천무성을 뒤흔들기 위함이었던 것 같습니다. 대장로의 최종 목적은 천무성의 붕괴인 것 같군요."

담선우의 말에 등천무제가 이어 대답했다.

"이게 도움이 될지 모르겠지만 사실 저희 등천문에도 이런 비슷한 일이 있었습니다. 사람들을 현혹해서 등천문을 흔들려고 하더군요."

"자세히 말씀해 주시겠어요?"

영웅의 말에 등천무제가 고개를 끄덕이며 말을 이었다.

"주군께서 나타나시기 전에 저희 등천문도 한바탕 홍역을 앓은 적이 있습니다. 다행스럽게도 저희는 다들 충성심이 남달라서 그자의 선동이 통하지 않았지요. 단일 문파라는 점도 아마 컸을 겁니다. 하지만 천무성은 다릅니다. 무림맹처럼 여러 문파의 집합체니까, 그래서 그런 선동이 통했을 겁니다."

"그럼 현재 성주와 소성주가 쓰러진 것 역시 그들의 음모겠군요."

"아마도 그럴 확률이 높은 것 같습니다."

생각 같아서는 지금 당장 달려가 대장로라는 놈을 끌어내 예전의 방법으로 다져 놓고 싶었다. 예전의 방법이란 온몸의 뼈를 부수는 것을 말했다.

"가만…… 그럼 나도 참가 자격이 있는 거잖아?"

영웅의 눈이 반짝였다.

그리고 복면인, 아니 천무성 비각의 각주 가광을 바라보며 물었다.

"그렇지? 나도 참가 자격이 있는 거 아냐? 천무성 성주의 막내아들이니까."

"그, 그렇습니다."

가광의 대답에 영웅이 재밌겠다는 표정으로 말했다.

"좋아, 내기에 참가해야겠어. 너는 예전에 알고 있던 내 모습으로 대장로에게 보고해, 알았어?"

"네, 알겠습니다."

영웅이 고개를 끄덕이며 손을 내밀자 가광이 움찔했다. 그의 눈엔 공포가 가득했다.

그 모습에 영웅이 손을 까닥거렸다.

하지만 가광은 그것을 애써 외면하며 오려 하지 않았다.

결국 영웅이 입을 열었다.

"이리 안 와?"

영웅의 한마디에 울먹거리며 자신의 머리를 가져다 대었다.

찌릿—!

"허억!"

"배신하려고 하면 아까와 같은 고통이 널 찾아갈 거야."

"저, 절대로 배신하지 않습니다!"

"응, 궁금하면 한번 해 보고."

"아닙니다! 저, 절대로 생각하지 않을 겁니다, 절대로!"

"그래, 지켜보지."

"충!"

영웅이 손을 흔들며 이만 나가 보라는 동작을 했다.

＊＊＊

그에 가광은 재빨리 방 밖으로 빠져나갔다.

밖으로 나온 그는 안도의 한숨을 쉬고서 중얼거렸다.

"하아! 사, 살았다."

그리고 자신이 나온 방에서 멀찍이 떨어져 그곳을 바라봤다.

"저곳이 지옥이었어. 그런데…… 삼 공자가 언제 저렇게 강해졌지? 그 멍청이가 저렇게 강해지다니……."

―내 뒷담이나 까라고 보낸 것이 아닐 텐데?

"헉! 죄, 죄송합니다! 죄송합니다!"

갑작스럽게 머리에서 들려오는 영웅의 목소리에 혼비백산하여 엎드려 비는 가광이었다.

―그곳에서 잘 숨어 있다가 때 되면 적당히 보고해. 지켜본다.

"충!"

영웅이 있는 방을 바라보며 보이지도 않는 영웅에게 우렁차게 대답하는 가광이었다.

자신이 상상하던 것보다 훨씬 더 무서운 사람이라는 것을 깨달은 채.

가광이 대장로에게 보고하고 있었다.

"흠, 딱히 이상한 점은 없다는 것이군."

"그렇습니다. 전처럼 머저리 같은 모습을 보이며 생활하고 있습니다."

"같이 왔다는 인간들은?"

"삼 공자를 꼬드겨 한몫 챙기려는 자들 같았습니다."

"쯧쯧, 한심한…… 어쩌다가 성주에게서 그런 멍청한 놈이 나왔을꼬."

대장로의 말에 가광이 조심스럽게 물었다.

"꼭 감시해야겠습니까?"

"왜? 그런 놈이나 감시하려니 자존심이 상하느냐?"

"아, 아닙니다. 그저 저런 놈에게 이리 신경을 쓰시는 이유가 궁금해서 그랬습니다."

"멍청하고 무능력하나 그래도 성주의 핏줄이다. 혹시 모를 일에 대비를 하는 것뿐이지. 사실 죽일 가치도 없는 놈이긴 하지. 그놈을 죽이기 위해 들이는 독이 아까울 정도니."

"……"

"조금만 참아라. 그 머저리를 보는 날도 이제 얼마 남지 않았으니."

"충!"

"알겠다. 이만 물러가거라."

"충!"

샤샥―!

가광이 순식간에 자취를 감추자 대장로가 차 한 모금으로 입술을 적시며 웃었다.

"크크크, 무언가를 하기 위해 들어온 것은 아니라는 것이군. 하긴 그 머저리가 뭘 하겠는가. 나의 괜한 노파심이었던 게지."

그렇게 차를 음미하며 혼자만의 시간을 즐기고 있을 때 밖에서 목소리가 들려왔다.

"대장로님, 임무를 나갔던 척살단이 복귀했습니다. 부단주가 보고를 올리겠다고 합니다."

"오, 그래? 어서 들이거라."

끼이익.

문이 열리면서 참마검이 모습을 드러냈다.

참마검은 포권을 하며 대장로에게 인사를 했다.

"신, 척살단 부단주 참마검 여광! 무사히 임무를 마치고 복귀하였습니다!"

"허허허! 그래, 고생했다. 어찌 되었느냐?"

"네, 도주하던 의약당 부당주를 비롯한 일당을 모조리 도록하였습니다!"

"크크크크! 그래, 증거는?"

"네, 여기 있습니다!"

참마검은 의약당 부당주를 상징하는 패를 꺼내 들어 대장로에게 건넸다.

"맞군. 크크크, 고생했다. 이제 당주 놈만 찾으면 되겠군."

"감사합니다."

"이만 물러가거라. 머지않은 시기에 네놈을 승진시켜 줄 것이다."

"감사합니다! 소신, 이만 물러가겠습니다!"

참마검이 당당한 걸음으로 문밖으로 사라지자 대장로가 크게 웃었다.

"크하하하하! 일이 술술 풀리는구나, 아주 술술 풀려! 하하하!"

그리고 웃음이 잦아들면서 음산한 눈빛으로 바뀌었다.

"크크크, 어리석은 놈들! 어차피 이 세상은 그분의 것이다. 이제 곧 그분의 세상이 올 것이야, 크크크."

　

참마검은 척살단주를 찾아갔다.

영웅의 명령을 이행하기 위해서였다.

영웅은 참마검에게 척살단주를 꼬드기라는 명령을 내린 상태였다.

　이에 남들 눈을 피해서 영웅에게 데려갈 생각이었는데, 그것이 쉽지 않았다.

　'사방이 감시하는 놈들이니 쉽지 않겠어. 무슨 방법이 없을까?'

　한참을 고민하다가 좋은 생각이 났는지 표정이 밝아졌다.

　"그렇지. 꼭 천무성에서만 볼 필요는 없지. 단주, 미안하지만 나를 용서하시오. 나부터 살아야겠소."

　음흉한 미소를 지으며 서둘러 단주가 있는 방으로 달려가는 참마검이었다.

⚔

　그 시각 척살단을 통솔하는 척살단주는 이마를 부여잡고 무언가를 고민하고 있었다.

　척살단주(刺殺團主) 광패무적도(狂敗無敵刀) 현웅.

　참마검과 같은 강호 백대고수 중 한 명으로, 거대한 도를 휘두르는 모습이 미친놈 같다 하여 미칠 광이 별호에 들어간 인물이었다.

　'하아, 선택지가 너무 많아. 어디가 가장 유력할까.'

　척살단주의 앞에 펼쳐진 것은 세력도였다.

그는 지금 자신이 잡아야 할 세력을 고민하고 있었다.

다들 강력했기에 쉽게 선택할 수 없어 이리 고민을 하는 것이다.

'하아! 어렵다, 어려워.'

머리가 아픈지 연신 관자놀이를 손가락으로 꾹꾹 눌렀다.

그때 문이 벌컥 열리면서 참마검이 들어왔다.

"단주, 뭐 하십니까?"

"깜짝이야! 야, 기척 좀 내고 다녀. 놀랐잖아!"

"뭔 소리를 하시는 겁니까? 오면서 그렇게 쿵쿵거렸는데, 아니 뭘 그리 심각하게 생각하길래 그 큰 소리도 못 들었습니까?"

참마검의 말에 단주는 재빨리 일어나 문밖으로 고개를 내밀고 주변을 두리번거렸다.

아무도 없는 것을 확인한 단주가 참마검의 팔을 잡아끌었다.

"자네, 이리 좀 오게."

참마검이 고개를 갸웃거리며 단주를 따라 자리로 이동했다.

그리고 참마검의 눈에 세력도가 들어왔다. 그것을 보니 단주가 무엇을 고민하고 있었는지 대번에 알 것 같았다.

"세력도 아닙니까?"

"맞네. 자네는 어디가 가장 유력하다고 보는가?"

"하하하, 왜요? 제가 간다고 하는 곳이면 따라가시려고요?"

참마검의 말에 단주가 고개를 끄덕였다.

"말이야 바른말이지, 자네가 그런 쪽은 나보다 더 빠삭하잖은가."

"제가요, 금시초문인데요? 저 모르십니까? 이 천무성의 반항아, 문제아, 온갖 수식어가 다 붙어 있는데 저를 믿다니요. 하하, 급하긴 하셨나 봅니다."

"그, 그랬나?"

머쓱한지 자신의 뒷머리를 긁적이며 다시 자리에 앉는 단주를 보며 참마검이 미소를 지으며 넌지시 말했다.

"사실 눈여겨본 사람이 있긴 합니다만……."

참마검의 말에 단주의 눈이 휘둥그렇게 변했다.

그리고 애가 탄 모습으로 참마검에게 달라붙으며 물었다.

"여, 역시 자네는 어디를 선택할지 미리 정해 두었구먼! 어딘가, 응?"

애가 타는 단주를 보며 참마검이 잠시 시간을 끌었다.

바로 말하는 것보다 조금 뜸을 들이고 말하는 게 더 좋을 것 같아서였다.

"왜 그러십니까? 제가 가면 따라가려 하시는 겁니까?"

"이 사람아, 그래도 우리가 함께 지낸 세월이 있는데, 이왕이면 같이 가는 것이 좋지 않겠는가."

더욱 참마검에게 매달리는 단주였다.

참마검은 그만 애태우기로 하고 말했다.

"그럼 따라오시죠. 마침 단주님을 뵙고 나서 그분을 뵈러 갈 참이었습니다."

"하하하, 그런가? 자네 같은 사람이 선택했으면 확실하겠지. 그래, 어떤 분이신가?"

"하하, 가 보시면 압니다."

"알겠네, 하하. 어서 가세."

단주는 신나는 표정으로 참마검을 따라나섰다.

참마검은 성 밖으로 나와 한참을 걸었다.

"아니, 어디까지 가는 것인가? 성안에 계신 분이 아니었나?"

"하하, 성안은 보는 눈이 많아서 말입니다. 그분께서도 성안에서 만나는 걸 별로 좋아하지 않으시고요."

참마검의 말에 단주가 자신의 이마를 탁 치며 웃었다.

"하하하, 그렇지! 하긴, 내가 생각이 짧았군. 지금 천무성은 소리 없는 전쟁이 진행되고 있지."

"맞습니다. 그러니 안에서 만나는 것은 위험부담이 크죠."

"그래도 너무 깊숙한 산속으로 들어가는 것이 아닌가."

"하하, 거의 다 왔습니다."

참마검이 웃으며 걸음을 재촉했다.

조금 더 걸어가자 저 멀리 불빛이 보이기 시작했다.

"이제 보이는군요. 저기입니다. 어서 가시죠."

참마검의 말에 단주가 고개를 끄덕이며 발걸음을 서둘렀다.

단주의 얼굴에는 긴장감이 가득했다.

목적지에 도착한 단주는 깜짝 놀랐다. 전혀 생각지도 않았던 인물이 그곳에 앉아 있었기 때문이다.

혹시나 어두운 불빛 때문에 자신이 잘못 본 것이 아닌가 하는 생각에 눈을 비비고 다시 확인까지 했다.

그런데도 자신이 아는 그 얼굴이 눈앞에 있자 자신도 모르게 입밖으로 말이 새어 나왔다.

"서, 설마 사, 삼 공자?"

말소리에 고개를 돌린 영웅이 자신을 보며 어리둥절해하는 단주를 가리키며 물었다.

"응? 이 사람은 누구?"

영웅의 물음에 참마검이 대답했다.

"척살단 단주입니다."

"아, 그렇구나. 그런데 여기까진 왜 데려왔어?"

"하하, 제가 모시는 분께 인사를 드리고 싶다길래."

"뭐, 이미 데려왔는데 어쩌겠어. 이리 와."

"네!"

둘의 대화를 들은 단주는 지금 이것이 무슨 상황인지 갈피를 잡지 못하고 있었다.

참마검이 자신을 놀리는 것인가?

점점 기분이 나빠지고 있었다.

"야, 저 사람 엄청 기분 나빠 보이는데?"

영웅의 말에 참마검이 고개를 돌려 보니 단주의 얼굴이 새빨갛게 변해 있었다.

머리에서 왠지 김이 나는 것 같은 착각이 일 정도였다. 누가 봐도 화가 잔뜩 난 모습이었다.

"자네가 지금 나를 놀리는 것인가? 내가 그렇게 우습게 보였던가?"

고저 없는 목소리로 참마검에게 경고를 보내고 있었다. 이것에 대한 설명을 요구하는 듯했다.

잔뜩 화가 난 모습으로 묻는 단주를 바라보며 참마검이 손사래를 치며 말했다.

"오해십니다. 저는 정말로 제가 모시는 분을 소개해 드리려고 데려온 것입니다."

"하하, 지금 나를 바보로 아는 것인가? 저자가 누군지 내가 모를 것이라 생각하는 것인가?"

"하하, 저분을 모르는 사람이 천무성에 누가 있다고 그러십니까? 당연히 알고 계시겠지요."

"지금 내가 농담하는 것 같나? 제대로 대답하라."

서서히 기세를 끌어올리는 단주였다. 정말로 참마검에게 놀림을 당했다고 생각하는 듯했다.

그때 뒤에서 영웅이 참마검에게 한마디 했다.

"아, 뭐야. 너 나 곤란하게 하려고 지금 저 사람 데려온 거냐? 지금 이 분위기 어쩔 거야, 응?"

단주가 나직한 목소리로 경고할 때는 웃는 낯으로 대하더니, 영웅이 나직하게 말하자 사색이 된 얼굴로 번개같이 엎드렸다.

"아, 아닙니다! 소, 소신은 정말로 주군께 도움이 될 것 같아서 데려온 것입니다! 정말입니다! 단주는 천무성 내에서도 무공으로 알아주는 무인입니다. 앞으로 주군께서 행하시는 일에 많은 도움이 될 인재입니다. 또한, 사람이 우직하고 복잡한 것을 싫어하는 성격이라 한번 마음을 준 자를 끝까지 따를 인물입니다!"

정말로 잔뜩 겁을 먹은 표정과 몸짓으로 단주에 대해 설명하는 참마검이었다.

참마검의 이러한 행동은 뒤에 있던 척살단 단주를 경악하게 했다.

참마검이 누구던가.

그는 안하무인인 데다 자신이 인정한 자가 아니면 말도 섞지 않기로 유명했다.

심지어 성주님에게도 무릎을 꿇지 않는 문제아였다.

그가 정말로 마음을 열고 충성을 다한 인물은 자신이 아는 한 없었다.

그렇기에 참마검이 정했다는 세력에 더 믿음이 갔던 것이다.

저런 반골을 자신의 휘하에 넣을 정도면 그 그릇이 남다를 것이라는 게 그의 생각이었다.

그런데 그 세력이 천무성에서 제일 형편없는, 아니 존재 자체를 인정조차 하지 않는 삼 공자였다.

처음에는 자신을 놀리는 줄 알고 화가 났는데, 지금 보니 그건 아닌 것 같았다.

떨리는 참마검의 목소리에는 정말로 두려움이 담겨 있었다.

거기에 삼 공자에게 아주 또렷한 소리로 주군이라 외쳤다.

뒤에서 놀라든 말든 영웅은 참마검에게 의심스러운 눈빛으로 물었다.

"진짜야? 그런데 저 사람은 왜 저래?"

"까, 깜짝 놀라게 해 주려고 제가 일부러 설명하지 않고 데려왔습니다! 그리고 미리 말을 했다면 이렇게 따라오지도 않았을 것입니다."

"그 정도로 추천하는 사람이야?"

"그렇습니다! 제가 본 무인 중에서 가장 믿을 만한 무인입니다!"

참마검의 말에 흥미롭다는 얼굴로 영웅이 단주를 바라보았다.

단주 역시 삼 공자, 즉 영웅의 눈을 바라보았다.

그리고 화들짝 놀랐다.

'헉! 뭐, 뭐야, 저 눈빛은?'

심연 깊은 곳에서 자신을 바라보는 눈빛.

지금까지 한 번도 경험해 보지 못했던 충격이었다.

살아오면서 수많은 고수를 만나 봤지만, 저런 분위기를 가진 결코 고수는 만나 본 적이 없었다.

'내공 수위는 별 볼 일 없는데? 뭐지, 이 위압감은?'

삼 공자를 보자마자 혹시나 해서 살펴보았지만 역시나 삼 공자가 맞았다. 형편없는 내공이 아주 적나라하게 느껴졌기 때문이다.

경지가 낮은 사람은 자신의 내력을 숨기지 못하기에 쉽게 알 수 있었다.

영웅이 천천히 일어서서 단주를 향해 걸어갔다.

"왜, 내가 별 볼 일 없어 보여서? 내공 수위도 약하고 무능 공자라 소문이 자자한데, 분위기는 또 그게 아니라서 당황스러워?"

정확하게 자기 생각을 읽고 있었다.

"저, 정말로 사, 삼 공자님이 맞으십니까?"

"아니라면, 믿을래?"

"그, 그건……."

"여기까지 왔으니 둘 중 하나만 선택해. 나를 따를 것인지, 아니면 내가 모든 거사를 다 치를 때까지 어디 좀 갇혀 있든지."

영웅의 말에 단주가 침을 꿀꺽 삼키고는 입을 열었다.

"보여 주십시오. 제가 당신을 따를 명분을 말입니다."

"명분? 어떤 명분? 천무성주의 아들인 것으로는 부족해? 아항, 너 자신을 설득할 명분? 가령 이런 걸 말하는 건가?"

말을 함과 동시에 영웅이 단주의 얼굴을 향해 주먹을 내질렀다.

후웅—!

그 순간 단주는 주마등을 느꼈다. 지금까지 살면서 겪었던 모든 일이 순식간에 스쳐 지나갔다.

콰콰콰콰쾅—!

엄청난 폭음에 정신을 차리고 뒤를 돌아보니, 산이 통째로 날아가고 지형이 바뀌어 있었다.

그 충격 때문에 땅이 울리면서 갈라지기 시작했다.

쩌적—! 쩌저적—! 우르르릉—!

자연이 분노한 것처럼 사방이 몸을 가눌 수 없을 정도로 울렸다.

한참을 그렇게 울렁대더니 이내 잠잠해졌다.

단주는 믿을 수 없는 표정으로 조금 전에 날아간 산이 있던 곳을 바라보았다.

마치 거대한 지진이 일어나서 산 자체를 삼켜 버린 듯한 광경이 펼쳐져 있었다.

다음 권으로 이어집니다

武人還生

윤신현 신무협 장편소설 **무인환생**

끝나지 않는 환생의 굴레
이번엔 마지막 여정이 될 수 있을까?

죽으면 새로운 육체로 다시 시작되는 삶!
천하제일인? 무림황제?
무인으로서 할 수 있는 건 다 해 봤건만……

"또야? 또냐고!"
"대체 왜 자꾸 환생하는 거야!"

어떤 삶도 대충 살았던 적은 없다
오로지 나를 위해 살아왔지만
이번엔 다른 이들과 함께 살아가 볼까?

수백 번의 환생 경험치로
절대자의 편안한(?) 무림 생활이 펼쳐진다!

꿈의 도약, 로크에서 하십시오
(주)로크미디어에서 신인 작가를 모십니다

즐거운 세상, 로크미디어는 꿈을 사랑하고 도전을 두려워하지 않는 작가 분들의 참신한 작품을 기다리고 있습니다. 21세기 장르 문학계를 이끌어 갈 차세대 선두 주자 (주)로크미디어에서 여러분의 나래를 활짝 펴 보시길 바랍니다.

모집 분야 판타지와 무협을 포함한 장르 문학
모집 대상 아마추어 작가, 인터넷 작가
모집 기한 수시 모집
   작품 접수 시 유의 사항
      1. 파일명은 작가명_작품명.hwp형식을 갖춰 주십시오.
      1. 파일에 들어갈 내용은 다음과 같습니다.
         — 성명(필명인 경우 실명을 밝혀 주세요), 연락처, 이메일 주소
         — 제목, 기획 의도
         — A4용지 1장 분량의 등장인물 소개
         — A4용지 2장 분량의 전체 줄거리
         — 본문
      1. 작품이 인터넷에 연재되고 있다면, 게시판명과 사이트의 구체적이고 정확한 주소를 기재해 주십시오.

선택된 작품은 정식 계약 후 출판물로 간행되어 전국 서점에 유통됩니다.
작가 분은 (주)로크미디어의 전폭적인 지원하에 전속 작가로 활동하시게 됩니다.
※ 자세한 내용은 로크미디어 홈페이지(rokmedia.com)를 참조하세요.

(04167)서울시 마포구 마포대로 45 일진빌딩 6층
(주)로크미디어 편집부 신간 기획 담당자 앞
전화: 02) 3273 - 5135
www.rokmedia.com   이메일 : rokmedia@empas.com

우리 교황님 좀 말려 주세요

판미손 퓨전 판타지 장편소설

비정상 교황님의 들도 보도 못한 전도(물리) 프로젝트!

이세계의 신에게 강제로 납치(?)당한 김시우
차원 '에덴'에서 10년간 온갖 고생은 다 하고
겨우 교황이 되어 고향으로 귀환했건만……

경고! 90일 이내 목표 신도 숫자를 달성하지 못할 시
당신의 시스템이 초기화됩니다!

퀘스트를 달성하지 못하면 능력치가 도로 0이 된다고?
그 개고생, 두 번은 못 하지!

"좋은 말씀 전하러 왔습니다, 형제님^^"
※주의※ 사이비 아닙니다, 오해하지 마세요!

ROK
MEDIA
로크미디어

망한 가문의 검술 천재가 되었다

소구장 퓨전 판타지 장편소설

역사에서도 잊힌 비운의 검술 천재
최강의 꼰대력으로 무장한 채
후손의 몸으로 깨어나다!

만년 2위 검사 루크 슈넬덴
세계를 위협하던 마룡을 물리치며
정점에 이른 순간

이대로 그냥 죽어 다오, 나를 위해서.

라이벌인 멀빈 코넬리오에게 목숨을 잃……
……은 줄 알았는데,
200년 후의 몰락한 슈넬덴가에서 눈뜨다!
가족이라고는 무기력한 가주, 망나니 1공자뿐
망해 버린 가문을 살리기 위해
까마득한 조상님이 팔을 걷었다!

설풍 같은 검술, 그보다 매서운 독설로
슈넬덴가를 정점으로 이끌어라!